정오의 사이렌이 울릴 때

정오의 사이렌이 울릴 때

이상 「날개」 이어쓰기

제1판 제1쇄 2019년 10월 10일

지은이 이승우 강영숙 김태용 최제훈 박솔뫼 임현

엮은이 대산문화재단

펴낸이 이광호

주간 이근혜

편집 박지현

펴낸곳 ㈜문학과지성사

등록번호 제1993-000098호

주소 04034 서울 마포구 잔다리로7길 18 (서교동 377-20)

전화 02) 338-7224

팩스 02) 323-4180(편집) 02) 338-7221(영업)

전자우편 moonji@moonji.com

홈페이지 www.moonji.com

ISBN 978-89-320-3588-8 43810

이 도서의 국립중앙도서관 출판예정도서목록(CIP)은 서지정보유통지원시스템 홈페이지
(http://seoji.nl.go.kr)와 국가자료공동목록시스템(http://www.nl.go.kr/kolisnet)에서
이용하실 수 있습니다.(CIP제어번호: CIP2019038632)

정오의 사이렌이 울릴 때

이상 「날개」 이어 쓰기

이승우 강영숙 김태용
최제훈 박솔뫼 임 현
—
대산문화재단 엮음

문학과지성사

차례

날개 ——————————————— 이상 ——— 7

사이렌이 울릴 때 ————————— 이승우 ——— 53

우리들은 마음대로 ——————— 김태용 ——— 69

진술에 따르면 ————————— 임현 ——— 93

마지막 페이지 ————————— 강영숙 ——— 107

1교시 국어 영역 ————————— 최제훈 ——— 123

대합실에서 ——————————— 박솔뫼 ——— 137

해설—「날개」를 읽는 여섯 개의 시선 ——— 조연정 ——— 151

이상 연보 ——————————————— 165

지은이 소개 ——————————————— 168

일러두기

1. 이 책에 실린 「날개」는 문학과지성사판 〈한국문학전집〉 이상 단편선 『날
   개』(김주현 책임 편집)를 저본으로 삼았다.
2. 맞춤법과 외래어 표기는 1989년 3월 1일부터 시행된 「한글 맞춤법 규정」과
   『문교부 편수 자료』『표준국어대사전』(국립국어원)을 따랐다. 단, 작품의
   제목이나 중요한 어휘의 경우에는 원본을 그대로 살렸다. (예: 정신분일자,
   탕고도란 등)

날개

이상

'박제가 되어버린 천재'를 아시오? 나는 유쾌하오. 이런 때 연애까지가 유쾌하오.

　육신이 흐느적흐느적하도록 피로했을 때만 정신이 은화처럼 맑소. 니코틴이 내 횟배 앓는 배 속으로 스미면 머릿속에 으레 백지가 준비되는 법이오. 그 위에다 나는 위트와 패러독스를 바둑 포석처럼 늘어놓소. 가증할 상식의 병이오.

　나는 또 여인과 생활을 설계하오. 연애 기법에마저 서먹서먹해진, 지성의 극치를 흘깃 좀 들여다본 일이 있는 말하자면 일종의 정신분일자* 말이오. 이런 여인의 반—그것은 온갖 것의 반이오—만을 영수領受하는 생활을 설계한다는 말이오. 그런 생활 속에 한 발만 들여놓고 흡사 두 개의 태양처럼 마주 쳐다보면서 낄낄거리는 것이오. 나는 아마 어지간히 인생의 제행諸行이 싱거워서 견딜 수가 없게 쯤 되고 그만둔 모양이오. 꾿빠이.

꾿빠이. 그대는 이따금 그대가 제일 싫어하는 음식을 탐식하는 아이러니를 실천해보는 것도 좋을 것 같소. 위트와 패러독스와……

그대 자신을 위조하는 것도 할 만한 일이오. 그대의 작품은 한 번도 본 일이 없는 기성품에 의하여 차라리 경편輕便하고 고매하리다.

19세기는 될 수 있거든 봉쇄하여버리오. 도스토옙스키 정신이란 자칫하면 낭비인 것 같소. 위고를 불란서의 빵 한 조각이라고는 누가 그랬는지 지언**인 듯싶소. 그러나 인생 혹은 그 모형에 있어서 디테일 때문에 속는다거나 해서야 되겠소? 화를 보지 마오. 부디 그대께 고하는 것이

* 정신 분열에 걸린 사람.
** 지극히 마땅한 말.

니……

테이프가 끊어지면 피가 나오(생채기도 머지않아 완치
될 줄 믿소. 꾿빠이).

감정은 어떤 포즈(그 포즈의 소*만을 지적하는 것이 아
닌지나 모르겠소). 그 포즈가 부동자세에까지 고도화할 때
감정은 딱 공급을 정지합네다.

나는 내 비범한 발육을 회고하여 세상을 보는 안목을 규
정하였소.

여왕벌과 미망인— 세상의 하고많은 여인이 본질적으로
이미 미망인 아닌 이가 있으리까? 아니! 여인의 전부가 그
일상에 있어서 개개 '미망인'이라는 내 논리가 뜻밖에도
여성에 대한 모독이 되오? 꾿빠이.

그 33번지라는 것이 구조가 흡사 유곽이라는 느낌이
없지 않다.

한 번지에 18가구가 죽 어깨를 맞대고 늘어서서 창호

---

* 요소 또는 원소.

가 똑같고 아궁이 모양이 똑같다. 게다가 각 가구에 사는 사람들이 송이송이 꽃과 같이 젊다. 해가 들지 않는다. 해가 드는 것을 그들이 모른 체하는 까닭이다. 턱살 밑에다 철줄을 매고 얼룩진 이부자리를 널어 말린다는 핑계로 미닫이에 해가 드는 것을 막아버린다. 침침한 방 안에서 낮잠들을 잔다. 그들은 밤에는 잠을 자지 않나? 알 수 없다. 나는 밤이나 낮이나 잠만 자느라고 그런 것은 알 길이 없다. 33번지 18가구의 낮은 참 조용하다.

조용한 것은 낮뿐이다. 어둑어둑하면 그들은 이부자리를 걷어 들인다. 전등불이 켜진 뒤의 18가구는 낮보다 훨씬 화려하다. 저물도록 미닫이 여닫는 소리가 잦다. 바빠진다. 여러 가지 냄새가 나기 시작한다. 비웃* 굽는 내 탕고도란** 내 뜨물내 비눗내……

그러나 이런 것들보다도 그들의 문패가 제일로 고개를 끄덕이게 하는 것이다. 이 18가구를 대표하는 대문이라는 것이 일각이 져서 외따로 떨어지기는 했으나 있다. 그러나 그것은 한 번도 닫힌 일이 없는 행길이나 마찬가지 대문인 것이다. 온갖 장사치들은 하루 가운데

* 청어.
** 일제 때 많이 쓰인 화장품 이름.

어느 시간에라도 이 대문을 통하여 드나들 수가 있는 것이다. 이네들은 문간에서 두부를 사는 것이 아니라 미닫이만 열고 방에서 두부를 사는 것이다. 이렇게 생긴 33번지 대문에 그들 18가구의 문패를 몰아다 붙이는 것은 의미가 없다. 그들은 어느 사이엔가 각 미닫이 위 백인당百忍堂이니 길상당吉祥堂이니 써 붙인 한결에다 문패를 붙이는 풍속을 가져버렸다.

내 방 미닫이 위 한결에 칼표딱지*를 넷에다 낸 것만한 내— 아니! 내 아내의 명함이 붙어 있는 것도 이 풍속을 좇은 것이 아닐 수 없다.

나는 그러나 그들의 아무와도 놀지 않는다. 놀지 않을 뿐만 아니라 인사도 않는다. 나는 내 아내와 인사하는 외에 누구와도 인사하고 싶지 않았다.

내 아내 외의 다른 사람과 인사를 하거나 놀거나 하는 것은 내 아내 낯을 보아 좋지 않은 일인 것만 같이 생각이 들었기 때문이다. 나는 이만큼까지 내 아내를 소중히 생각한 것이다.

* '칼표'는 담배의 이름으로 보이며, 무늬가 도안된 담뱃갑의 한 면을 의미하는 것으로 보인다.

내가 이렇게까지 내 아내를 소중히 생각한 까닭은 이 33번지 18가구 가운데서 내 아내가 내 아내의 명함처럼 제일 작고 제일 아름다운 것을 안 까닭이다. 18가구에 각기 별러든 송이송이 꽃들 가운데서도 내 아내는 특히 아름다운 한 떨기의 꽃으로 이 함석지붕 밑 볕 안 드는 지역에서 어디까지든지 찬란하였다. 따라서 그런 한 떨기 꽃을 지키고—아니 그 꽃에 매어달려 사는 나라는 존재가 도무지 형언할 수 없는 거북살스러운 존재가 아닐 수 없었던 것은 물론이다.

나는 어디까지든지 내 방이—집이 아니다. 집은 없다—마음에 들었다. 방 안의 기온은 내 체온을 위하여 쾌적하였고 방 안의 침침한 정도가 또한 내 안력을 위하여 쾌적하였다. 나는 내 방 이상의 서늘한 방도 또 따뜻한 방도 희망하지는 않았다. 이 이상으로 밝거나 이 이상으로 아늑한 방을 원하지 않았다. 내 방은 나 하나를 위하여 요만한 정도를 꾸준히 지키는 것 같아 늘 내 방이 감사하였고 나는 또 이런 방을 위하여 이 세상에 태어난 것만 같아서 즐거웠다.

그러나 이것은 행복이라든가 불행이라든가 하는 것

을 계산하는 것은 아니었다. 말하자면 나는 내가 행복
되다고도 생각할 필요가 없었고 그렇다고 불행하다고
도 생각할 필요가 없었다. 그냥 그날그날을 그저 까닭
없이 펀둥펀둥 게으르고만 있으면 만사는 그만이었던
것이다.

내 몸과 마음에 옷처럼 잘 맞는 방 속에서 뒹굴면서
축 처져 있는 것은 행복이니 불행이니 하는 그런 세속
적인 계산을 떠난 가장 편리하고 안일한 말하자면 절대
적인 상태인 것이다. 나는 이런 상태가 좋았다.

이 절대적인 내 방은 대문간에서 세어서 똑—일곱째
칸이다. 럭키 세븐의 뜻이 없지 않다. 나는 이 일곱이라
는 숫자를 훈장처럼 사랑하였다. 이런 이 방이 가운데
장지로 말미암아 두 칸으로 나뉘어 있었다는 그것이 내
운명의 상징이었던 것을 누가 알랴?

아랫방은 그래도 해가 든다. 아침결에 책보만 한 해
가 들었다가 오후에 손수건만 해지면서 나가버린다. 해
가 영영 들지 않는 윗방이 즉 내 방인 것은 말할 것도 없
다. 이렇게 볕 드는 방이 아내 해이오 볕 안 드는 방이
내 해이오 하고 아내와 나 둘 중에 누가 정했는지 나는

기억하지 못한다. 그러나 나에게는 불평이 없다.

아내가 외출만 하면 나는 얼른 아랫방으로 와서 그 동쪽으로 난 들창을 열어놓고 열어놓으면 들이비치는 볕살이 아내의 화장대를 비쳐 가지각색 병들이 아롱지면서 찬란하게 빛나고 이렇게 빛나는 것을 보는 것은 다시없는 내 오락이다. 나는 조그만 '돋보기'를 꺼내가지고 아내만이 사용하는 지리가미*를 그슬어가면서 불장난을 하고 논다. 평행광선을 굴절시켜서 한 초점에 모아가지고 고 초점이 따끈따끈해지다가 마지막에는 종이를 그슬기 시작하고 가느다란 연기를 내면서 드디어 구멍을 뚫어놓는 데까지에 이르는 고 얼마 안 되는 동안의 초조한 맛이 죽고 싶을 만치 내게는 재미있었다.

이 장난이 싫증이 나면 나는 또 아내의 손잡이 거울을 가지고 여러 가지로 논다. 거울이란 제 얼굴을 비칠 때만 실용품이다. 그 외의 경우에는 도무지 장난감인 것이다.

이 장난도 곧 싫증이 난다. 나의 유희심은 육체적인데서 정신적인 데로 비약한다. 나는 거울을 내던지고

* 휴지.

아내의 화장대 앞으로 가까이 가서 나란히 늘어놓은 고 가지각색의 화장품 병들을 들여다본다. 고것들은 세상의 무엇보다도 매력적이다. 나는 그중의 하나만을 골라서 가만히 마개를 빼고 병 구멍을 내 코에 가져다 대고 숨죽이듯이 가벼운 호흡을 하여본다. 이국적인 센슈얼한 향기가 폐로 스며들면 나는 저절로 스르르 감기는 내 눈을 느낀다. 확실히 아내의 체취의 파편이다. 나는 도로 병마개를 막고 생각해본다. 아내의 어느 부분에서 요 냄새가 났던가를…… 그러나 그것은 분명치 않다. 왜? 아내의 체취는 요기 늘어섰는 가지각색 향기의 합계일 것이니까.

아내의 방은 늘 화려하였다. 내 방이 벽에 못 한 개 꽂히지 않은 소박한 것인 반대로 아내 방에는 천장 밑으로 쫙 돌려 못이 박히고 못마다 화려한 아내의 치마와 저고리가 걸렸다. 여러 가지 무늬가 보기 좋다. 나는 그 여러 조각의 치마에서 늘 아내의 동체胴體와 그 동체가 될 수 있는 여러 가지 포즈를 연상하고 연상하면서 내 마음은 늘 점잖지 못하다.

그렇건만 나에게는 옷이 없었다. 아내는 내게는 옷을

주지 않았다. 입고 있는 코르덴 양복 한 벌이 내 자리옷이었고 통상복과 나들이옷을 겸한 것이었다. 그리고 하이넥의 스웨터가 한 조각 사철을 통한 내 내의다. 그것들은 하나같이 다 빛이 검다. 그것은 내 짐작 같아서는 즉 빨래를 될 수 있는 데까지 하지 않아도 보기 싫지 않도록 하기 위한 것이 아닌가 한다. 나는 허리와 두 가랑이 세 군데 다 고무 밴드가 끼여 있는 부드러운 사루마다*를 입고 그리고 아무 소리 없이 잘 놀았다.

어느덧 손수건만 해졌던 볕이 나갔는데 아내는 외출에서 돌아오지 않는다. 나는 요만 일에도 좀 피곤하였고 또 아내가 돌아오기 전에 내 방으로 가 있어야 될 것을 생각하고 그만 내 방으로 건너간다. 내 방은 침침하다. 나는 이불을 뒤집어쓰고 낮잠을 잔다. 한 번도 겐은 일이 없는 내 이부자리는 내 몸뚱이의 일부분처럼 내게는 참 반갑다. 잠은 잘 오는 적도 있다. 그러나 또 전신이 까칫까칫하면서 영 잠이 오지 않는 적도 있다. 그런 때는 아무 제목으로나 제목을 하나 골라서 연구하였다.

* 팬티.

18

나는 내 좀 축축한 이불 속에서 참 여러 가지 발명도 하였고 논문도 많이 썼다. 시도 많이 지었다. 그러나 그것들은 내가 잠이 드는 것과 동시에 내 방에 담겨서 철철 넘치는 그 흐늑흐늑한 공기에 다 비누처럼 풀어져서 온 데간데가 없고 한잠 자고 깬 나는 속이 무명 헝겊이나 메밀껍질로 뗑뗑 찬 한 덩어리 베개와도 같은 한 벌 신경이었을 뿐이고 뿐이고 하였다.

그러기에 나는 빈대가 무엇보다도 싫었다. 그러나 내 방에서는 겨울에도 몇 마리씩의 빈대가 끊이지 않고 나왔다. 내게 근심이 있었다면 오직 이 빈대를 미워하는 근심일 것이다. 나는 빈대에게 물려서 가려운 자리를 피가 나도록 긁었다. 쓰라리다. 그것은 그윽한 쾌감에 틀림없었다. 나는 혼곤히 잠이 든다.

나는 그러나 그런 이불 속의 사색 생활에서도 적극적인 것을 궁리하는 법이 없다. 내게는 그럴 필요가 대체 없었다. 만일 내가 그런 좀 적극적인 것을 궁리해내었을 경우에 나는 반드시 내 아내와 의논하여야 할 것이고 그러면 반드시 나는 아내에게 꾸지람을 들을 것이고—나는 꾸지람이 무서웠다느니보다도 성가셨다. 내가 제법 한 사람의 사회인의 자격으로 일을 해보는 것도, 아내에게 사설 듣는 것도. 나는 가장 게으른 동물처럼 게으른 것이 좋았다. 될 수만 있으면 이 무의미한 인간의 탈을 벗어버리고도 싶었다.

나에게는 인간 사회가 스스로웠다.* 생활이 스스로웠다. 모두가 서먹서먹할 뿐이었다.

아내는 하루에 두 번 세수를 한다. 나는 하루 한 번도 세수를 하지 않는다. 나는 밤중 3시나 4시 해서 변소에 갔다. 달이 밝은 밤에는 한참씩 마당에 우두커니 섰다가 들어오곤 한다. 그러니까 나는 이 18가구의 아무와도 얼굴이 마주치는 일이 거의 없다. 그러면서도 나는 이 18가구의 젊은 여인네 얼굴들을 거반 다 기억하고 있었다. 그들은 하나같이 내 아내만 못하였다.

11시쯤 해서 하는 아내의 첫번 세수는 좀 간단하다. 그러나 저녁 7시쯤 해서 하는 두번째 세수는 손이 많이 간다. 아내는 낮에보다도 밤에 더 좋고 깨끗한 옷을 입는다. 그리고 낮에도 외출하고 밤에도 외출하였다.

---

* 두 가지 의미로 볼 수 있는데 첫번째 기본형은 수수롭다. 근심스럽다. 마음이 서글프고 산란하다. 두번째 기본형은 스스럽다. 정분이 그리 두텁지 않아 조심스럽다. 수줍고 부끄럽다.

아내에게 직업이 있었던가? 나는 아내의 직업이 무엇인지 알 수 없다. 만일 아내에게 직업이 없었다면, 같이 직업이 없는 나처럼 외출할 필요가 생기지 않을 것인데 ─아내는 외출한다. 외출할 뿐만 아니라 내객이 많다. 아내에게 내객이 많은 날은 나는 온종일 내 방에서 이불을 쓰고 누워 있어야만 된다. 불장난도 못 한다. 화장품 냄새도 못 맡는다. 그런 날은 나는 의식적으로 우울해하였다. 그러면 아내는 나에게 돈을 준다. 50전짜리 은화다. 나는 그것이 좋았다. 그러나 그것을 무엇에 써야 옳을지 몰라서 늘 머리맡에 던져두고 두고 한 것이 어느 결에 모여서 꽤 많아졌다. 어느 날 이것을 본 아내는 금고처럼 생긴 벙어리를 사다 준다. 나는 한 푼씩 한 푼씩 고 속에 넣고 열쇠는 아내가 가져갔다. 그 후에도 나는 더러 은화를 그 벙어리에 넣은 것을 기억한다. 그리고 나는 게을렀다. 얼마 후 아내의 머리 쪽에 보지 못하던 누깔잠*이 하나 여드름처럼 돋았던 것은 바로 그 금고형 벙어리의 무게가 가벼워졌다는 증거일까. 그러나 나는 드디어 머리맡에 놓였던 그 벙어리에 손을 대

　*　눈깔(눈알) 비녀.

지 않고 말았다. 내 게으름은 그런 것에 내 주의를 환기
시키기도 싫었다.

아내에게 내객이 있는 날은 이불 속으로 암만 깊이
들어가도 비 오는 날만큼 잠이 잘 오지는 않았다. 나는
그런 때 아내에게는 왜 늘 돈이 있나 왜 돈이 많은가를
연구했다.

내객들은 장지 저쪽에 내가 있는 것은 모르나 보다.
내 아내와 나도 좀 하기 어려운 농을 아주 서슴지 않고
쉽게 해 내던지는 것이다. 그러나 내 아내를 가운데 서
너 사람의 내객들은 늘 비교적 점잖았다고 볼 수 있는
것이 자정이 좀 지나면 으레 돌아들 갔다. 그들 가운데
는 퍽 교양이 옅은 자도 있는 듯싶었는데 그런 자는 보
통 음식을 사다 먹고 논다. 그래서 보충을 하고 대체로
무사하였다.

나는 우선 내 아내의 직업이 무엇인가를 연구하기에
착수하였으나 좁은 시야와 부족한 지식으로는 이것을
알아내기 힘이 든다. 나는 끝끝내 내 아내의 직업이 무
엇인가를 모르고 말려나 보다.

아내는 늘 진솔 버선만 신었다. 아내는 밥도 지었다.

아내가 밥 짓는 것을 나는 한 번도 구경한 일은 없으나 언제든지 끼니때면 내 방으로 내 조석을 날라다주는 것이다. 우리 집에는 나와 내 아내 외의 다른 사람은 아무도 없다. 이 밥은 분명히 아내가 손수 지었음에 틀림없다.

그러나 아내는 한 번도 나를 자기 방으로 부른 일이 없다.

나는 늘 윗방에서 나 혼자서 밥을 먹고 잠을 잤다. 밥은 너무 맛이 없었다. 반찬이 너무 엉성하였다. 나는 닭이나 강아지처럼 말없이 주는 모이를 넙죽넙죽 받아먹기는 했으나 내심 야속하게 생각한 적도 더러 없지 않다. 나는 안색이 여지없이 창백해가면서 말라 들어갔다. 나날이 눈에 보이듯이 기운이 줄어들었다. 영양 부족으로 하여 몸뚱이 곳곳이 뼈가 불쑥불쑥 내어밀었다. 하룻밤 사이에도 수십 차를 돌쳐 눕지 않고는 여기저기가 배겨서 나는 배겨낼 수가 없었다.

그렇기 때문에 나는 내 이불 속에서 아내가 늘 흔히 쓸 수 있는 저 돈의 출처를 탐색해보는 일변 장지 틈으로 새어 나오는 아랫방의 음식은 무엇일까를 간단히 연구하였다. 나는 잠이 잘 안 왔다.

깨달았다. 아내가 쓰는 돈은 그 내게는 다만 실없는 사람들로밖에 보이지 않는 까닭 모를 내객들이 놓고 가는 것에 틀림없으리라는 것을 나는 깨달았다. 그러나 왜 그들 내객은 돈을 놓고 가나, 왜 내 아내는 그 돈을 받아야 되나 하는 예의 관념이 내게는 도무지 알 수 없는 것이었다.

그것은 그저 예의에 지나지 않는 것일까. 그렇지 않으면 혹 무슨 대가일까 보수일까. 내 아내가 그들의 눈에는 동정을 받아야만 할 한 가엾은 인물로 보였던가?

이런 것들을 생각하노라면 으레 내 머리는 그냥 혼란하여버리고 버리고 하였다. 잠들기 전에 획득했다는 결론이 오직 불쾌하다는 것뿐이었으면서도 나는 그런 것을 아내에게 물어보거나 할 일이 참 한 번도 없다. 그것은 대체 귀찮기도 하려니와 한잠 자고 일어나는 나는 사뭇 딴사람처럼 이것도 저것도 다 깨끗이 잊어버리고 그만두는 까닭이다.

내객들이 돌아가고, 혹 밤 외출에서 돌아오고 하면 아내는 경편한 것으로 옷을 바꾸어 입고 내 방으로 나를 찾아온다. 그리고 이불을 들추고 내 귀에는 영 생동

생동한 몇 마디 말로 나를 위로하려 든다. 나는 조소도 고소도 홍소도 아닌 웃음을 얼굴에 띠고 아내의 아름다운 얼굴을 쳐다본다. 아내는 방그레 웃는다. 그러나 그 얼굴에 떠도는 일말의 애수를 나는 놓치지 않는다.

아내는 능히 내가 배고파하는 것을 눈치챌 것이다. 그러나 아랫방에서 먹고 남은 음식을 나에게 주려 들지는 않는다. 그것은 어디까지든지 나를 존경하는 마음일 것임에 틀림없다. 나는 배가 고프면서도 적이 마음이 든든한 것을 좋아했다. 아내가 무엇이라고 지껄이고 갔는지 귀에 남아 있을 리가 없다. 다만 내 머리맡에 아내 놓고 간 은화가 전등불에 흐릿하게 빛나고 있을 뿐이다.

고 금고형 벙어리 속에 고 은화가 얼마큼이나 모였을까. 나는 그러나 그것을 쳐들어보지 않았다. 그저 아무런 의욕도 기원도 없이 그 단춧구멍처럼 생긴 틈바구니로 은화를 들이뜨려둘 뿐이었다.

왜 아내의 내객들이 아내에게 돈을 놓고 가나 하는 것이 풀 수 없는 의문인 것같이 왜 아내는 나에게 돈을 놓고 가나 하는 것도 역시 나에게는 똑같이 풀 수 없는 의문이었다. 내 비록 아내가 내게 돈을 놓고 가는 것이

싫지 않았다 하더라도 그것은 다만 고것이 내 손가락에 닿는 순간에서부터 고 벙어리 주둥이에서 자취를 감추기까지의 하잘것없는 짧은 촉각이 좋았달 뿐이지 그 이상 아무 기쁨도 없다.

어느 날 나는 고 벙어리를 변소에 갖다 넣어버렸다. 그때 벙어리 속에는 몇 푼이나 되는지는 모르겠으나 고 은화들이 꽤 들어 있었다.

나는 내가 지구 위에 살며 내가 이렇게 살고 있는 지구가 질풍신뢰의 속력으로 광대무변의 공간을 달리고 있다는 것을 생각했을 때 참 허망하였다. 나는 이렇게 부지런한 지구 위에서는 현기증도 날 것 같고 해서 한시바삐 내려버리고 싶었다.

이불 속에서 이런 생각을 하고 난 뒤에는 나는 고 은화를 고 벙어리에 넣고 넣고 하는 것조차가 귀찮아졌다. 나는 아내가 손수 벙어리를 사용하였으면 하고 희망하였다. 벙어리도 돈도 사실에는 아내에게만 필요한 것이지 내게는 애초부터 의미가 전연 없는 것이었으니까 될 수만 있으면 그 벙어리를 아내는 아내 방으로 가져갔으면 하고 기다렸다. 그러나 아내는 가져가지 않는다. 나는 내 아내 방으로 가져다 둘까 하고 생각하여보 았으나 그즈음에는 아내의 내객이 원체 많아서 내가 아 내 방에 가볼 기회가 도무지 없었다. 그래서 나는 하는 수 없이 변소에 갖다 집어넣어버리고 만 것이다.

나는 서글픈 마음으로 아내의 꾸지람을 기다렸다. 그 러나 아내는 끝내 아무 말도 나에게 묻지도 하지도 않 았다. 않았을 뿐 아니라 여전히 돈은 돈대로 내 머리맡 에 놓고 가지 않나? 내 머리맡에는 어느덧 은화가 꽤 많 이 모였다.

내객이 아내에게 돈을 놓고 가는 것이나 아내가 내게 돈을 놓고 가는 것이나 일종의 쾌감—그 외의 다른 아 무런 이유도 없는 것이 아닐까 하는 것을 나는 또 이불 속에서 연구하기 시작하였다. 쾌감이라면 어떤 종류의 쾌감일까를 계속하여 연구하였다. 그러나 그것은 이불 속의 연구로는 알 길이 없었다. 쾌감 쾌감, 하고 나는 뜻 밖에도 이 문제에 대해서만 흥미를 느꼈다.

아내는 물론 나를 늘 감금하여두다시피 하여왔다. 내 게 불평이 있을 리 없다. 그런 중에도 나는 그 쾌감이라 는 것의 유무를 체험하고 싶었다.

나는 아내의 밤 외출 틈을 타서 밖으로 나왔다. 나는 거리에서 잊어버리지 않고 가지고 나온 은화를 지폐로 바꾼다. 5원이나 된다. 그것을 주머니에 넣고 나는 목적을 잃어버리기 위하여 얼마든지 거리를 쏘다녔다. 오래간만에 보는 거리는 거의 경이에 가까울 만치 내 신경을 흥분시키지 않고는 마지않았다. 나는 금시에 피곤하여버렸다. 그러나 나는 참았다. 그리고 밤이 이슥하도록 까닭을 잊어버린 채 이 거리 저 거리로 지향 없이 헤매었다. 돈은 물론 한 푼도 쓰지 않았다. 돈을 쓸 아무 엄두도 나서지 않았다. 나는 벌써 돈을 쓰는 기능을 완전히 상실한 것 같았다.

나는 과연 피로를 이 이상 견디기가 어려웠다. 나는 가까스로 내 집을 찾았다. 나는 내 방으로 가려면 아내방을 통과하지 않으면 안 될 것을 알고 아내에게 내객이 있나 없나를 걱정하면서 미닫이 앞에서 좀 거북살스럽게 기침을 한 번 했더니 이것은 참 또 너무 암상스럽게 미닫이가 열리면서 아내의 얼굴과 그 등 뒤에 낯선 남자의 얼굴이 이쪽을 내다보는 것이다. 나는 별안간 내어 쏟아지는 불빛에 눈이 부셔서 좀 머뭇머뭇했다.

나는 아내의 눈초리를 못 본 것은 아니다. 그러나 나는 모른 체하는 수밖에 없었다. 왜? 나는 어쨌든 아내의 방을 통과하지 않으면 안 되니까……

　　나는 이불을 뒤집어썼다. 무엇보다도 다리가 아파서 견딜 수가 없었다. 이불 속에서는 가슴이 울렁거리면서 암만해도 까무러칠 것만 같았다. 걸을 때는 몰랐더니 숨이 차다. 등에 식은땀이 쭉 내배인다. 나는 외출한 것을 후회하였다. 이런 피로를 잊고 어서 잠이 들었으면 좋았다. 한잠 잘 자고 싶었다.

　　얼마 동안이나 비스듬히 엎드려 있었더니 차츰차츰 뚝딱거리는 가슴 동기가 가라앉는다. 그만해도 우선 살 것 같았다. 나는 몸을 돌쳐 반듯이 천장을 향하여 눕고 쭉 다리를 뻗었다.

　　그러나 나는 또다시 가슴의 동기를 피할 수 없게 되었다. 아랫방에서 아내와 그 남자의 내 귀에도 들리지 않을 만치 옅은 목소리로 소곤거리는 기척이 장지 틈으로 전하여왔던 것이다. 청각을 더 예민하게 하기 위하여 나는 눈을 떴다. 그리고 숨을 죽였다. 그러나 그때는 벌써 아내와 남자는 앉았던 자리를 툭툭 털며 일어섰고 일어서면서 옷과 모자 쓰는 기척이 나는 듯하더니 이어 미닫이가 열리고 구두 뒤축 소리가 나고 그리고 뜰에 내려서 는 소리가 쿵 하고 나면서 뒤를 따르는 아내의 고무신 소리가 두어 발자국 찍찍 나고 사뿐사뿐 나나 하는 사이 에 두 사람의 발소리가 대문간 쪽으로 사라졌다.

나는 아내의 이런 태도를 본 일이 없다. 아내는 어떤 사람과도 결코 소곤거리는 법이 없다. 나는 윗방에서 이불을 쓰고 누웠는 동안에도 혹 술이 취해서 혀가 잘 돌아가지 않는 내객들의 담화는 더러 놓치는 수가 있어 도 아내의 높지도 얕지도 않은 말소리는 일찍이 한 마 디도 놓쳐본 일이 없다. 더러 내 귀에 거슬리는 소리가 있어도 나는 그것이 태연한 목소리로 내 귀에 들렸다는 이유로 충분히 안심이 되었다. 그렇던 아내의 이런 태 도는 필시 그 속에 여간하지 않은 사정이 있는 듯싶이 생각이 되고 내 마음은 좀 서운했으나 그러나 그보다도 나는 좀 너무 피곤해서 오늘만은 이불 속에서 아무것도 연구치 않기로 굳게 결심하고 잠을 기다렸다. 잠은 좀 처럼 오지 않았다. 대문간에 나간 아내도 좀처럼 들어 오지 않았다. 그러는 동안에 흐지부지 나는 잠이 들어 버렸다. 꿈이 얼쑹덜쑹 종을 잡을 수 없는 거리의 풍경 을 여전히 헤맸다.

나는 몹시 흔들렸다. 내객을 보내고 들어온 아내가 잠든 나를 잡아 흔드는 것이다. 나는 눈을 번쩍 뜨고 아내의 얼굴을 쳐다보았다. 아내의 얼굴에는 웃음이 없다. 나는 좀 눈을 비비고 아내의 얼굴을 자세히 보았다. 노기가 눈초리에 떠서 얇은 입술이 바르르 떨린다. 좀처럼 이 노기가 풀리기는 어려울 것 같았다. 나는 그대로 눈을 감아버렸다. 벼락이 내리기를 기다린 것이다. 그러나 쌔근 하는 숨소리가 나면서 푸스스 아내의 치맛자락 소리가 나고 장지가 여닫히며 아내는 아내 방으로 돌아갔다. 나는 다시 몸을 돌쳐 이불을 뒤집어쓰고는 개구리처럼 엎드리고, 엎드려서 배가 고픈 가운데에도 오늘밤의 외출을 또 한 번 후회하였다.

나는 이불 속에서 아내에게 사죄하였다. 그것은 네 오해라고……

나는 사실 밤이 퍽이나 이슥한 줄만 알았던 것이다. 그것이 네 말마따나 자정 전인 줄은 나는 정말이지 꿈에도 몰랐다. 나는 너무 피곤하였다. 오래간만에 나는 너무 많이 걸은 것이 잘못이다. 내 잘못이라면 잘못은 그것밖에는 없다. 외출은 왜 하였더냐고?

나는 그 머리맡에 저절로 모인 5원 돈을 아무에게라도 좋으니 주어보고 싶었던 것이다. 그뿐이다. 그러나 그것도 내 잘못이라면 나는 그렇게 알겠다. 나는 후회하고 있지 않나?

　내가 그 5원 돈을 써버릴 수가 있었던들 나는 자정 안에 집에 돌아올 수 없었을 것이다. 그러나 거리는 너무 복잡하였고 사람은 너무도 들끓었다. 나는 어느 사람을 붙들고 그 5원 돈을 내어주어야 할지 갈피를 잡을 수가 없었다. 그러는 동안에 나는 여지없이 피곤해버리고 말았던 것이다.

　나는 무엇보다도 좀 쉬고 싶었다. 그래서 나는 하는 수 없이 집으로 돌아온 것이다. 내 짐작 같아서는 밤이 어지간히 늦은 줄만 알았는데 그것이 불행히도 자정 전이었다는 것은 참 안된 일이다. 미안한 일이다. 나는 얼마든지 사죄하여도 좋다. 그러나 종시 아내의 오해를 풀지 못하였다 하면 내가 이렇게까지 사죄하는 보람은 그럼 어디 있나? 한심하였다.

　한 시간 동안을 나는 이렇게 초조하게 굴지 않으면 안 되었다. 나는 이불을 휙 젖혀버리고 일어나서 장지를 열고 아내 방으로 비칠비칠 달려갔던 것이다. 내게는 거의 의식이라는 것이 없었다. 나는 아내 이불 위에 엎드러지면서 바지 포켓 속에서 그 돈 5원을 꺼내 아내 손에 쥐여준 것을 간신히 기억할 뿐이다.

이튿날 잠이 깨었을 때 나는 내 아내 방 아내 이불 속에 있었다. 이것이 이 33번지에서 살기 시작한 이래 내가 아내 방에서 잔 맨 처음이었다.

해가 들창에 훨씬 높았는데 아내는 이미 외출하고 벌써 내 곁에 있지는 않다. 아니! 아내는 엊저녁 내가 의식을 잃은 동안에 외출한 것인지도 모른다. 그러나 나는 그런 것을 조사하고 싶지 않았다. 다만 전신이 찌뿌드한 것이 손가락 하나 꼼짝할 힘조차 없었다. 책보보다 좀 작은 면적의 볕이 눈이 부시다. 그 속에서 수없는 먼지가 흡사 미생물처럼 난무한다. 코가 콱 막히는 것 같다. 나는 다시 눈을 감고 이불을 푹 뒤집어쓰고 낮잠을 자기에 착수하였다. 그러나 코를 스치는 아내의 체취는 꽤 도발적이었다. 나는 몸을 여러 번 여러 번 비비 꼬면서 아내의 화장대에 늘어선 고 가지각색 화장품 병들과 고 병들이 마개를 뽑았을 때 풍기던 냄새를 더듬느라고 좀처럼 잠은 들지 않은 것을 어찌하는 수도 없었다.

견디다 못하여 나는 그만 이불을 걷어차고 벌떡 일어나서 내 방으로 갔다. 내 방에는 다 식어빠진 내 끼니가 가지런히 놓여 있는 것이다. 아내는 내 모이를 여기다 주고 나간 것이다. 나는 우선 배가 고팠다. 한 숟갈을 입에 떠 넣을 때 그 촉감은 너무도 냉회와 같이 써늘하였다. 나는 숟갈을 놓고 내 이불 속으로 들어갔다. 하룻밤을 비워때린* 내 이부자리는 여전히 반갑게 나를 맞아준다. 나는 내 이불을 뒤집어쓰고 이번에는 참 늘어지게 한잠 잤다. 잘—

내가 잠을 깬 것은 전등이 켜진 뒤다. 그러나 아내는 아직도 돌아오지 않았나 보다. 아니! 들어왔다 또 나갔는지도 알 수 없다. 그러나 그런 것을 삼고하여 무엇 하나?

정신이 한결 난다. 나는 지난밤 일을 생각해보았다. 그 돈 5원을 아내 손에 쥐여주고 넘어졌을 때에 느낄 수 있었던 쾌감을 나는 무엇이라고 설명할 수가 없었다. 그러나 내객들이 내 아내에게 돈 놓고 가는 심리며 내 아내가 내게 돈 놓고 가는 심리의 비밀을 나는 알아낸

* 비워뜨리다, 즉 '비워놓다'라는 뜻.

것 같아서 여간 즐거운 것이 아니다. 나는 속으로 빙그레 웃어보았다. 이런 것을 모르고 오늘까지 지내온 내 자신이 어떻게 우스꽝스러워 보이는지 몰랐다. 나는 어깨춤이 났다.

따라서 나는 또 오늘 밤에도 외출하고 싶었다. 그러나 돈이 없다. 나는 엊저녁에 그 돈 5원을 한꺼번에 아내에게 주어버린 것을 후회하였다. 또 고 벙어리를 변소에 갖다 처넣어버린 것도 후회하였다. 나는 실없이 실망하면서 습관처럼 그 돈 5원이 들어 있던 내 바지 포켓에 손을 넣어 한번 휘둘러보았다. 뜻밖에도 내 손에 쥐어지는 것이 있었다. 2원밖에 없다. 그러나 많아야 맛은 아니다. 얼마간이고 있으면 된다. 나는 그만한 것이 여간 고마운 것이 아니었다.

나는 기운을 얻었다. 나는 그 단벌 다 떨어진 코르덴 양복을 걸치고 배고픈 것도 주제 사나운 것도 다 잊어버리고 활갯짓을 하면서 또 거리로 나섰다. 나서면서 나는 제발 시간이 화살 닫듯 해서 자정이 어서 획 지나버렸으면 하고 조바심을 태웠다. 아내에게 돈을 주고 아내 방에서 자보는 것은 어디까지든지 좋았지만 만일 잘못해서 자정 전에 집에 들어갔다가 아내의 눈총을 맞

는 것은 그것은 여간 무서운 일이 아니었다. 나는 저물
도록 길가 시계를 들여다보고 들여다보고 하면서 또 지
향 없이 거리를 방황하였다. 그러나 이날은 좀처럼 피
곤하지는 않았다. 다만 시간이 좀 너무 더디게 가는 것
만 같아서 안타까웠다.

　경성역 시계가 확실히 자정이 지난 것을 본 뒤에 나
는 집을 향하였다. 그날은 그 일각 대문에서 아내와 아
내의 남자가 이야기하고 섰는 것을 만났다. 나는 모른
체하고 두 사람 곁을 지나서 내 방으로 들어갔다. 뒤이
어 아내도 들어왔다. 와서는 이 밤중에 평생 안 하던 쓰
게질*을 하는 것이다. 조금 있다가 아내가 눕는 기척을
엿듣자마자 나는 또 장지를 열고 아내 방으로 가서 그
돈 2원을 아내 손에 덥석 쥐여주고 그리고—하여간 그
2원을 오늘 밤에도 쓰지 않고 도로 가져온 것이 참 이상
하다는 듯이 아내는 내 얼굴을 몇 번이고 엿보고—아내
는 드디어 아무 말도 없이 나를 자기 방에 재워주었다.
나는 이 기쁨을 세상의 무엇과도 바꾸고 싶지는 않았

---

　*　비로 쓸어 집 안을 청소하는 일. 쓰레질.

다. 나는 편히 잘 잤다.

　이튿날도 내가 잠이 깨었을 때는 아내는 보이지 않았다. 나는 또 내 방으로 가서 피곤한 몸이 낮잠을 잤다.
　내가 아내에게 흔들려 깨었을 때는 역시 불이 들어온 뒤였다. 아내는 자기 방으로 나를 오라는 것이다. 이런 일은 또 처음이다. 아내는 끊임없이 얼굴에 미소를 띠고 내 팔을 이끄는 것이다. 나는 이런 아내의 태도 이면에 엔간치 않은 음모가 숨어 있지나 않은가 하고 적이 불안을 느끼지 않을 수 없었다.
　나는 아내의 하자는 대로 아내 방으로 끌려갔다. 아내 방에는 저녁 밥상이 조촐하게 차려져 있는 것이다. 생각하여보면 나는 이틀을 굶었다. 나는 지금 배고픈 것까지도 긴가민가 잊어버리고 어름어름하던 차다.
　나는 생각하였다. 이 최후의 만찬을 먹고 나자마자 벼락이 내려도 나는 차라리 후회하지 않을 것을. 사실 나는 인간 세상이 너무나 심심해서 못 견디겠던 차다. 모든 일이 성가시고 귀찮았으나 그러나 불의의 재난이라는 것은 즐겁다. 나는 마음을 턱 놓고 조용히 아내와 마주 이 해괴한 저녁밥을 먹었다. 우리 부부는 이야기하는 법이 없었다. 밥을 먹은 뒤에도 나는 말이 없이 그냥 부스스 일어나서 내 방으로 건너가버렸다. 아내는 나를 붙잡지 않았다. 나는 벽에 기대어 앉아서 담배를 한 대 피워 물고 그리고 벼락이 떨어질 테거든 어서 떨어져라 하고 기다렸다.

5분! 10분!

그러나 벼락은 내리지 않았다. 긴장이 차츰 늘어지기 시작한다. 나는 어느덧 오늘 밤에도 외출할 것을 생각하고 있었다. 돈이 있었으면 하고 생각하고 있었다.

그러나 돈은 확실히 없다. 오늘은 외출하여도 나중에 올 무슨 기쁨이 있나. 나는 앞이 그냥 아뜩하였다. 나는 화가 나서 이불을 뒤집어쓰고 이리 뒹굴 저리 뒹굴 굴렀다. 금시 먹은 밥이 목으로 자꾸 치밀어 올라온다. 메스꺼웠다.

하늘에서 얼마라도 좋으니 왜 지폐가 소낙비처럼 퍼붓지 않나, 그것이 그저 한없이 야속하고 슬펐다. 나는 이렇게밖에 돈을 구하는 아무런 방법도 알지는 못했다. 나는 이불 속에서 좀 울었나 보다. 돈이 왜 없냐면서……

그랬더니 아내가 또 내 방에를 왔다. 나는 깜짝 놀라 아마 인제서야 벼락이 내리려나 보다 하고 숨을 죽이고 두꺼비 모양으로 엎디어 있었다. 그러나 떨어진 입으로 새어 나오는 아내의 말소리는 참 부드러웠다. 정다웠다. 아내는 내가 왜 우는지를 안다는 것이다. 돈이 없어서 그러는 게 아니냔다. 나는 실없이 깜짝 놀랐다. 어떻게 저렇게 사람의 속을 환하게 들여다보는구 해서 나는 한편으로 슬그머니 겁도 안 나는 것은 아니었으나 저렇게 말하는 것을 보면 아마 내게 돈을 줄 생각이 있나 보다. 만일 그렇다면 오죽이나 좋은 일일까. 나는 이불 속에 뚤뚤 말린 채 고개도 들지 않고 아내의 다음 거동을 기다리고 있으니까, 엣소 하고 내 머리맡에 내려뜨리는 것은 그 가뿐한 음향으로 보아 지폐에 틀림없었다. 그리고 내 귀에다 대고 오늘일랑 어제보다도 좀더 늦게 들어와도 좋다고 속삭이는 것이다. 그것은 어렵지 않다. 우선 그 돈이 무엇보다도 고맙고 반가웠다.

어쨌든 나섰다. 나는 좀 야맹증이다. 그래서 될 수 있는 대로 밝은 거리로 골라서 돌아다니기로 했다. 그러고는 경성역 일이등 대합실 한겿 티룸에를 들렀다. 그것은 내게는 큰 발견이었다. 거기는 우선 아무도 아는 사람이 안 온다. 설사 왔다가도 곧들 가니까 좋다. 나는 날마다 여기 와서 시간을 보내리라 속으로 생각하여두었다.

제일 여기 시계가 어느 시계보다도 정확하리라는 것이 좋았다. 섣불리 서투른 시계를 보고 그것을 믿고 시간 전에 집에 돌아갔다가 큰코를 다쳐서는 안 된다.

나는 한 복스*에 아무것도 없는 것과 마주 앉아서 잘 끓은 커피를 마셨다. 총총한 가운데 여객들은 그래도 한잔 커피가 즐거운가 보다. 얼른얼른 마시고 무얼 좀 생각하는 것같이 담벼락도 좀 쳐다보고 하다가 곧 나가 버린다. 서글프다. 그러나 내게는 이 서글픈 분위기가 거리의 티룸들의 거추장스러운 분위기보다는 절실하고 마음에 들었다. 이따금 들리는 날카로운 혹은 우렁찬 기적 소리가 모차르트보다도 더 가깝다. 나는 메뉴에 적힌 몇 가지 안 되는 음식 이름을 치읽고 내리읽고 여러 번 읽었다. 그것들은 아물아물한 것이 어딘가 내 어렸을 때 동무들 이름과 비슷한 데가 있었다.

거기서 얼마나 내가 오래 앉았는지 정신이 오락가락

* 여기서는 '칸막이 한 좌석'을 의미.

하는 중에 객이 슬며시 뜸해지면서 이 구석 저 구석 걷어치우기 시작하는 것을 보면 아마 닫을 시간이 된 모양이다. 11시가 좀 지났구나, 여기도 결코 내 안주의 곳은 아니구나, 어디 가서 자정을 넘길까, 두루 걱정을 하면서 나는 밖으로 나섰다. 비가 온다. 빗발이 제법 굵은 것이 우비도 우산도 없는 나 고생을 시킬 작정이다. 그렇다고 이런 괴이한 풍모를 차리고 이 홀에서 어물어물하는 수는 없고 예이 비를 맞으면 맞았지 하고 나는 그냥 나서버렸다.

대단히 선선해서 견딜 수가 없다. 코르덴 옷이 젖기 시작하더니 나중에는 속속들이 스며들면서 처근거린다. 비를 맞아가면서라도 견딜 수 있는 데까지 거리를 돌아다녀서 시간을 보내려 하였으나 인제는 선선해서 이 이상은 더 견딜 수가 없다. 오한이 자꾸 일어나면서 이가 딱딱 맞부딪는다.

나는 걸음을 재우치면서 생각하였다. 오늘 같은 궂은 날도 아내에게 내객이 있을라구. 없겠지 하는 생각이 드는 것이다. 집으로 가야겠다. 아내에게 불행히 내객이 있거든 내 사정을 하리라. 사정을 하면 이렇게 비가 오는 것을 눈으로 보고 알아주겠지.

부리나케 와보니까 그러나 아내에게는 내객이 있었다. 나는 그만 너무 춥고 척척해서 얼떨김에 노크하는 것을 잊었다. 그래서 나는 보면 아내가 좀 덜 좋아할 것을 그만 보았다. 나는 갑발* 자국 같은 발자국을 내면서 덤벙덤벙 아내 방을 디디고 그리고 내 방으로 가서 쭉 빠진 옷을 활활 벗어버리고 이불을 뒤썼다. 덜덜덜덜 떨린다. 오한이 점점 더 심해 들어온다. 여전 땅이 꺼져 들어가는 것만 같았다. 나는 그만 의식을 잃어버리고 말았다.

이튿날 내가 눈을 떴을 때 아내는 내 머리맡에 앉아서 제법 근심스러운 얼굴이다. 나는 감기가 들었다. 여전히 으스스 춥고 또 골치가 아프고 입에 군침이 도는 것이 씁쓸하면서 다리팔이 척 늘어져서 노곤하다.

아내는 내 머리를 쓱 짚어보더니 약을 먹어야지 한다. 아내 손이 이마에 선뜩한 것을 보면 신열이 어지간한 모양인데 약을 먹는다면 해열제를 먹어야지 하고 속생각을 하자니까 아내는 따뜻한 물에 하얀 정제약 네개를 준다. 이것을 먹고 한잠 푹 자고 나면 괜찮다는 것

---

* 도자기를 구울 때 담는 그릇.

이다. 나는 널름 받아먹었다. 쌉싸름한 것이 짐작 같아서는 아마 아스피린인가 싶다. 나는 다시 이불을 쓰고 단번에 그냥 죽은 것처럼 잠이 들어버렸다.

나는 콧물을 훌쩍훌쩍하면서 여러 날을 앓았다. 앓는 동안에 끊이지 않고 그 정제약을 먹었다. 그러는 동안에 감기도 나았다. 그러나 입맛은 여전히 소태처럼 썼다.

나는 차츰 또 외출하고 싶은 생각이 났다. 그러나 아내는 나더러 외출하지 말라고 이르는 것이다. 이 약을 날마다 먹고 그리고 가만히 누워 있으라는 것이다. 공연히 외출을 하다가 이렇게 감기가 들어서 저를 고생을 시키는 게 아니냔다. 그도 그렇다. 그럼 외출을 하지 않겠다고 맹서하고 그 약을 연복하여 몸을 좀 보해보리라고 나는 생각하였다.

나는 날마다 이불을 뒤집어쓰고 밤이나 낮이나 잤다. 유난스럽게 밤이나 낮이나 졸려서 견딜 수가 없는 것이다. 나는 이렇게 잠이 자꾸만 오는 것은 내가 몸이 훨씬 튼튼해진 증거라고 굳게 믿었다.

나는 아마 한 달이나 이렇게 지냈나 보다. 내 머리와 수염이 좀 너무 자라서 훗훗해서 견딜 수가 없어서 내 거울을 좀 보리라고 아내가 외출한 틈을 타서 나는 아내 방으로 가서 아내의 화장대 앞에 앉아보았다. 상당하다. 수염과 머리가 참 산란하였다. 오늘은 이발을 좀 하리라 생각하고 겸사겸사 고 화장품 병들 마개를 뽑고 이것저것 맡아보았다. 한동안 잊어버렸던 향기 가운데서는 몸이 배배 꼬일 것 같은 체취가 전해 나왔다. 나는 아내의 이름을 속으로만 한번 불러보았다.

"연심蓮心이!"*

하고……

오래간만에 돋보기 장난도 하였다. 거울 장난도 하였다. 창에 든 볕이 여간 따뜻한 것이 아니었다. 생각하면 5월이 아니냐.

나는 커다랗게 기지개를 한 번 펴보고 아내 베개를 내려 베고 벌떡 자빠져서는 이렇게도 편안하고 즐거운 세월을 하느님께 흠씬 자랑하여주고 싶었다. 나는 참 세상의 아무것과도 교섭을 가지지 않는다. 하느님도 아마 나를 칭찬할 수도 처벌할 수도 없는 것 같다.

그러나 다음 순간 실로 세상에도 이상스러운 것이 눈에 띄었다. 그것은 최면약 아달린 갑이었다. 나는 그것

---

* 문종혁(「몇 가지 의의」, 『문학사상』 1974. 4)에 따르면, 연심은 이상의 연인 금홍의 본명이다.

을 아내의 화장대 밑에서 발견하고 그것이 흡사 아스피
린처럼 생겼다고 느꼈다. 나는 그것을 열어보았다. 똑
네 개가 비었다.

　나는 오늘 아침에 네 개의 아스피린을 먹은 것을 기억
하고 있었다. 나는 잤다. 어제도 그제도 그*끄*제도—나는
졸려서 견딜 수가 없었다. 나는 감기가 다 나았는데도
아내는 내게 아스피린을 주었다. 내가 잠이 든 동안에
이웃에 불이 난 일이 있다. 그때에도 나는 자느라고 몰
랐다. 이렇게 나는 잤다. 나는 아스피린으로 알고 그럼
한 달 동안을 두고 아달린을 먹어온 것이다. 이것은 좀
너무 심하다.

　별안간 아뜩하더니 하마터면 나는 까무러칠 뻔하였
다. 나는 그 아달린을 주머니에 넣고 집을 나섰다. 그리
고 산을 찾아 올라갔다. 인간 세상의 아무것도 보기가
싫었던 것이다. 걸으면서 나는 아무쪼록 아내에 관계되
는 일은 일체 생각하지 않도록 노력하였다. 길에서 까
무러치기 쉬우니까다. 나는 어디라도 양지가 바른 자리
를 하나 골라서 자리를 잡아가지고 서서히 아내에 관하
여서 연구할 작정이었다. 나는 길가에 도랑창, 핀 구경
도 못 한 진 개나리꽃, 종달새, 돌멩이도 새끼를 까는 이

야기, 이런 것만 생각하였다. 다행히 길가에서 나는 졸도하지 않았다.

거기는 벤치가 있었다. 나는 거기 정좌하고 그리고 그 아스피린과 아달린에 관하여 연구하였다. 그러나 머리가 도무지 혼란하여 생각이 체계를 이루지 않는다. 단 5분이 못 가서 나는 그만 귀찮은 생각이 버쩍 들면서 심술이 났다. 나는 주머니에서 가지고 온 아달린을 꺼내 남은 여섯 개를 한꺼번에 질경질경 씹어 먹어버렸다. 맛이 익살맞다. 그러고 나서 나는 그 벤치 위에 가로 기다랗게 누웠다. 무슨 생각으로 내가 그따위 짓을 했나? 알 수가 없다. 그저 그러고 싶었다. 나는 게서 그냥 깊이 잠이 들었다. 잠결에도 바위틈을 흐르는 물소리가 졸졸하고 귀에 언제까지나 어렴풋이 들려왔다.

내가 잠을 깨었을 때는 날이 환히 밝은 뒤다. 나는 거기서 일주야를 잔 것이다. 풍경이 그냥 노랗게 보인다. 그 속에서도 나는 번개처럼 아스피린과 아달린이 생각났다.

아스피린, 아달린, 아스피린, 아달린, 맑스, 말사스, 마도로스, 아스피린, 아달린.

아내는 한 달 동안 아달린을 아스피린이라고 속이고

내게 먹였다. 그것은 아내 방에서 이 아달린 갑이 발견된 것으로 미루어 증거가 너무나 확실하였다.

무슨 목적으로 아내는 나를 밤이나 낮이나 재웠어야 됐나?

나를 밤이나 낮이나 재워놓고 그리고 아내는 내가 자는 동안에 무슨 짓을 했나?

나를 조금씩 조금씩 죽이려던 것일까?

그러나 또 생각하여 보면 내가 한 달을 두고 먹어온 것은 아스피린이었는지도 모른다. 아내는 무슨 근심되는 일이 있어서 밤 되면 잠이 잘 오지 않아서 정작 아내가 아달린을 사용한 것이나 아닌지, 그렇다면 나는 참 미안하다. 나는 아내에게 이렇게 큰 의혹을 가졌다는 것이 참 안됐다.

나는 그래서 부리나케 거기서 내려왔다. 아랫도리가 홰홰 내저이면서 어찔어찔한 것을 나는 겨우 집을 향하여 걸었다. 8시 가까이였다.

나는 내 잘못 든 생각을 죄다 일러바치고 아내에게 사죄하려는 것이다. 나는 너무 급해서 그만 또 말을 잊어버렸다.

그랬더니 이건 참 너무 큰일 났다. 나는 내 눈으로는

절대로 보아서 안 될 것을 그만 딱 보아버리고 만 것이다. 나는 얼떨결에 그만 냉큼 미닫이를 닫고 그리고 현기증이 나는 것을 진정시키느라고 잠깐 고개를 숙이고 눈을 감고 기둥을 짚고 섰자니까 1초 여유도 없이 홱 미닫이가 다시 열리더니 매무새를 풀어 헤친 아내가 불쑥 내밀면서 내 멱살을 잡는 것이다. 나는 그만 어지러워서 게가 그냥 나둥그러졌다. 그랬더니 아내는 넘어진 내 위에 덮치면서 내 살을 함부로 물어뜯는 것이다. 아파 죽겠다. 나는 사실 반항할 의사도 힘도 없어서 그냥 넙죽 엎뎌 있으면서 어떻게 되나 보고 있자니까 뒤이어 남자가 나오는 것 같더니 아내를 한 아름에 덥석 안아가지고 방 안으로 들어가는 것이다. 아내는 아무 말 없이 다소곳이 그렇게 안겨 들어가는 것이 내 눈에 여간 미운 것이 아니다. 밉다.

아내는 너 밤새워가면서 도적질하러 다니느냐, 계집질하러 다니느냐고 발악이다. 이것은 참 너무 억울하다. 나는 어안이 벙벙하여 도무지 입이 떨어지지를 않았다.

너는 그야말로 나를 살해하려던 것이 아니냐고 소리를 한번 꽥 질러보고도 싶었으나 그런 긴가민가한 소리를 섣불리 입 밖에 내었다가는 무슨 화를 볼는지 알 수 있나. 차라리 억울하지만 잠자코 있는 것이 우선 상책인 듯싶이 생각이 들길래 나는 이것은 또 무슨 생각으로 그랬는지 모르지만 툭툭 털고 일어나서 내 바지 포켓 속에 남은 돈 몇 원 몇십 전을 가만히 꺼내서는 몰래 미닫이를 열고 살며시 문지방 밑에다 놓고 나서는 나는 그냥 줄달음박질을 쳐서 나와버렸다.

여러 번 자동차에 치일 뻔하면서 나는 그대로 경성역을 찾아갔다. 빈자리와 마주 앉아서 이 쓰디쓴 입맛을 거두기 위하여 무엇으로나 입가심을 하고 싶었다.

커피— 좋다. 그러나 경성역 홀에 한 걸음을 들여놓았을 때 나는 내 주머니에는 돈이 한 푼도 없는 것을 그것을 깜박 잊었던 것을 깨달았다. 또 아뜩하였다. 나는 어디선가 그저 맥없이 머뭇머뭇하면서 어쩔 줄을 모를 뿐이었다. 얼빠진 사람처럼 그저 이리 갔다 저리 갔다 하면서……

나는 어디로 어디로 들입다 쏘다녔는지 하나도 모른다. 다만 몇 시간 후에 내가 미쓰코시* 옥상에 있는 것을 깨달았을 때는 거의 대낮이었다.

---

* 일본의 3대 재벌 중 하나인 미쓰이三#가에서 1906년 서울 충무로 1가에 설립한 백화점.

나는 거기 아무 데나 주저앉아서 내 자라온 스물여섯 해를 회고하여보았다. 몽롱한 기억 속에서는 이렇다는 아무 제목도 불거져 나오지 않았다.

나는 또 나 자신에게 물어보았다. 너는 인생에 무슨 욕심이 있느냐고. 그러나 있다고도 없다고도, 그런 대답은 하기가 싫었다. 나는 거의 나 자신의 존재를 인식하기조차도 어려웠다.

허리를 굽혀서 나는 그저 금붕어나 들여다보고 있었다. 금붕어는 참 잘들 생겼다. 작은 놈은 작은 놈대로 큰 놈은 큰 놈대로 다 싱싱하니 보기 좋았다. 내리비치는 5월 햇살에 금붕어들은 그릇 바탕에 그림자를 내려뜨렸다. 지느러미는 하늘하늘 손수건을 흔드는 흉내를 낸다. 나는 이 지느러미 수효를 헤아려보기도 하면서 굽힌 허리를 좀처럼 펴지 않았다. 등어리가 따뜻하다.

나는 또 회탁*의 거리를 내려다보았다. 거기서는 피곤한 생활이 똑 금붕어 지느러미처럼 흐늑흐늑 허비적거렸다. 눈에 보이지 않는 끈적끈적한 줄에 엉켜서 헤어나지들을 못한다. 나는 피로와 공복 때문에 무너져

---

   * 회탁灰濁은 '회색의 탁한'이라는 뜻.

들어가는 몸뚱이를 끌고 그 회탁의 거리 속으로 섞여 들어가지 않는 수도 없다 생각하였다. 나서서 나는 또 문득 생각하여보았다. 이 발길이 지금 어디로 향하여 가는 것인가를……

그때 내 눈앞에는 아내의 모가지가 벼락처럼 내려 떨어졌다. 아스피린과 아달린.

우리들은 서로 오해하고 있느니라. 설마 아내가 아스피린 대신에 아달린의 정량을 나에게 먹여왔을까? 나는 그것을 믿을 수는 없다. 아내가 대체 그럴 까닭이 없을 것이니. 그러면 나는 날밤을 새우면서 도적질을 계집질을 하였나? 정말이지 아니다.

우리 부부는 숙명적으로 발이 맞지 않는 절름발이인 것이다. 내가 아내나 제 거동에 로직을 붙일 필요는 없다. 변해할 필요도 없다. 사실은 사실대로 오해는 오해 대로 그저 끝없이 발을 절뚝거리면서 세상을 걸어가면 되는 것이다. 그렇지 않을까?

그러나 나는 이 발길이 아내에게로 돌아가야 옳은가 이것만은 분간하기가 좀 어려웠다. 가야 하나? 그럼 어디로 가나?

이때 뚜우 하고 정오 사이렌이 울었다. 사람들은 모

두 네 활개를 펴고 닭처럼 푸드덕거리는 것 같고 온갖 유리와 강철과 대리석과 지폐와 잉크가 부글부글 끓고 수선을 떨고 하는 것 같은 찰나, 그야말로 현란을 극한 정오다.

나는 불현듯이 겨드랑이 가렵다. 아하, 그것은 내 인공의 날개가 돋았던 자국이다. 오늘은 없는 이 날개, 머릿속에서는 희망과 야심의 말소된 페이지가 딕셔너리 넘어가듯 번뜩였다.

나는 걷던 걸음을 멈추고 그리고 어디 한번 이렇게 외쳐보고 싶었다.

날개야 다시 돋아라.

날자. 날자. 날자. 한 번만 더 날자꾸나.

한 번만 더 날아보자꾸나.

사이렌이 울릴 때

이승우

경성역 티룸에서 나와 한참을 걸었다. 나의 그녀는 (이렇게 부르는 것을 이제 그녀는 용납하지 않을 것이다. 전에는 부끄러워했지만 이제는 언짢아할 것이다. 전에 부끄러워하는 그녀를 받아들였던 것처럼 이제 언짢아하는 그녀를 받아들여야 한다는 것을 안다. 그러나 부끄러워하는 것을 받아들이는 것은 쉽고 또 어떤 면에서 달콤했지만, 언짢아하는 것을 받아들이는 것은 어렵고 어떤 면에서도 달콤하지 않다. 그녀가 '나의 그녀'라고 부르는 내 목소리를 더 이상 듣지 못하리라는 사실을 다행이라고 여겨야 할까? 그녀가 내 목소리가 미치는 거리 안으로 들어오지 않을 작정을 했다는 것을? 아니, 그런 작정을 한 것은 나인가? 다행한 불행이라는 말이 성립이나 되는가? 나는 자조와 탄식 말고는 할 수 없는 사람이 되었다.) 시계를 보고 플랫폼에서 자기를 기다리고 있는 남자에게 가야 한다며 일어났다. 그녀의 표정에는 어떤 아쉬움도 미안함도 나타나지 않았다. 그녀의 자세는 지나치게 꼿꼿해서 누군가 만들어놓은, 아무 감정도 담길 줄 모르는 조형물처럼 보였다. 플랫폼까지 데려다주겠다는 나의 제안을 그녀는 고개를 두 번 아주 살짝 옆으로 움직이는 것으로 거절했다. 그러면 안 되는 걸 알지 않느냐, 하고 말하는 것 같았는데, 나는 그녀가 입 밖으로 내지 않은 그 말에 도리 없이 설득당했다. 그녀와 여행을 떠나기로 한 남자가 누구인지 나는 모른다. 나와 전혀 다른 부류의 인간이라는 것만은 추측할 수 있다. 옷을 잘 입고 돈을 잘 쓰고 여자들이 혹할 만한 말을 능숙하게 할 줄 알고 진실은 장식품으로도 달고 다니지 않는, 느끼하고 미끈미끈한 남자. 여자들이 그런 남자들을 좋아하는 것을 이상하다고 할 수 없지만, 나의 그녀가 그러는 것은 이상하다고 하지 않을 수 없다. 나는 어떻게 그럴 수 있느냐고 나무라듯 말했다. 내 말은 그녀에게 투정으로 들렸을 게 틀림없다. 그렇지 않다면, 동경에서 몇 년씩 유학씩이나 하고 온 남자가 고리타분하게 왜 이래요? 하고 힐난하지는 않았을 것이다. 그녀는 너무 다른 사람이 되어 있다. 내가 알던 그 사람이라는 걸 믿을 수 없다. 하기야 그녀의 말대로 시간이 많이 흘렀다. 동경에서 공부하는 긴 시간 동안 잠시도 그녀를 잊지 못했고 오직 돌아와서 그녀와 함께 살 희망으로 버텼다는 말을 나는 하지 못했다. 너무 긴 시간이었어요,라고 그녀가 먼저 말했기 때문이다. 그녀가 그 포괄적인 한 문장으로 모든 걸 설명하고 이해시키고 어떤 행동을 하거나 하지 말도록 지시하고 있다는 걸 나는 눈치챘고, 눈치챈 이상 실행하지 않을 수 없었으므로 마음에 가시가 찔리는 것 같은 통증에도 불구하고 나는 아무 저항도 하지 못했다. 나는 내가 예민한 사람인 것이 원망스러웠다. 나는 그녀가 경성역 일이등 대합실 한 곁에 위치한 티룸에서 일어나 플랫폼을 향해 꼿꼿하게 걸어가는 동안 꼼짝도 하지 못했다. 한참 후에 나는 그녀의 커피 잔의 커피가 조금도 줄어들지 않은 채 그대로 있다는 것을 발견했지만, 내 커피 잔 역시 그러하다는 걸 발견하지는 못했다.

　빈자리를 찾는 손님들의 원망 어린 눈빛과 여급의 재

촉을 견딜 수 있는 데까지 견뎠다. 더 이상 자리를 차지하고 버티기가 어려워졌을 때에야 티룸에서 나와 약간 어질어질한 상태로 거리를 걸어 다녔다. 정신이 좀처럼 가동을 하려 하지 않았다. 나는 살 희망을 잃어버렸다는 극심한 자괴감에 빠져서 비틀거리다가 과장된 감정의 포즈에 스스로 속고 있는 건 아닌지 반성도 하며 걸었다. 어디를 얼마나 쏘다녔는지 기억하지 못한다. 나에게 무엇을 하겠다는 의지 같은 것이 있었다고 말할 수 없다. 무엇을 하지 않겠다는 의지 역시 있었을 리 없다. 예컨대 미쓰코시 백화점 옥상에 올라간 것이 어떤 의지의 작용과 관련되어 있다고 말하는 것은 온당하지 않다는 뜻이다. 우연에 개입하거나 우연을 조종하는 초월적 존재의 보이지 않는 섭리를 참고하려는 이들이 있겠지만, 그렇더라도 내가 자살할 마음을 가지고 그 옥상에 갔다고 섣불리 단정하지는 말았으면 좋겠다. 만일 그렇다면 그 백화점 옥상에서 마주친 한 남자(이 남자의 인상을 한두 마디로 표현하는 것은 불가능하다. 그가 입고 있는 어두운 빛깔의 코르덴 양복은 소매가 해지고 깃이 말려 들어가 보기 흉했다. 그 안에 받쳐 입은 스웨터는 낡고 더러워 보였다. 직장에 가거나 누구와 만날 약속이 있어서 외출한다면 절대로 입고 나오지 않을 복장이었다. 오랫동안 수염을 깎지 않았고 세수도 하지 않은 것이 분명한 얼굴이었다. 집에서 뒹굴다가 꾸미지 않고 그냥 나온 것이 분명한 모양새였다. 삐쩍 마른, 근육이라고는 1그램도 없을 것 같은 빈약한 몸의 어디에도 기력이 느껴지지 않았다. 땅을 지탱하고 서 있는 것이 신기할 지경이었다. 호주머니 깊숙이 손을 찔러 넣고 금붕어들이 뻐끔거리는 어항 주변을 흐느적거리는 폼이 내 눈에는 흡사 연체동물처럼 보였다. 뼈도 근육도 없는 사람을 보고 있는 것 같다고 할까. 그런 볼썽사나운 외모에도 불구하고 초라하거나 궁상맞아 보이지 않은 것이 이상한 일이긴 했다. 단장하지 않은 외모와 걸치고 있는 거친 옷 밖으로 뚫고 나오는 어떤 기운이 느껴졌는데, 그것은 그런 것들에 연연하지 않거나 연연할 이유가 없는 정신이 뿜어내는 일종의 빛 같은 것이었다. 그러나 그 빛은 먼저 눈에 띄기 마련인 외모의 볼품없음과 처지의 빈궁함에 가려져 당연히 밖으로 잘 표현되지는 않았다. 예컨대 나처럼 예민한 사람이 아니고는 그의 볼품없는 외모와 빈궁한 처지가, 마치 달무리가 달에 대해 그러는 것처럼, 그의 정신의 날카로움을 더욱 돋보이게 한다고 느끼지는 못할 터인데, 실제로 나처럼 예민한 사람이

흔하지 않다는 점을 감안하면 눈에 보이는 비참 너머의 다른 그를 본 사람이 몇이나 있을지 의심스럽긴 하다.)에 대해서도 자살할 마음을 먹고 백화점 옥상에 올라왔다고 경솔하게 단정하는 우를 범할 수 있기 때문이다. 백화점 옥상이 왜 그런 오명을 뒤집어써야 한단 말인가. 나는 아무것도 단정하지 않으려 한다. 그 사람에게 자살할 마음이 있었다고도, 없었다고도 말하지 않으려 한다. 그런 것은 섣불리 단정할 수 있는 성격의 일이 아니거니와 해서도 안 되는 일이기 때문이다.

그리고 나는 보았다. 세상에 종말이 왔다고 알리기라도 하는 것처럼 정오의 사이렌이 요란하게 울리는 순간, 이제껏 금붕어 주위를 어슬렁거리기만 하던 그 비쩍 마른 사내가 갑자기, 흡사 무슨 지시를 받기라도 한 것처럼 옥상 난간으로 훌쩍 뛰어 올라가는 모습을. 그는 난간에 아슬아슬하게 선 채 몸을 잔뜩 웅크리고 양팔을 반쯤 펼쳤는데, 그 모습은 큰 닭이 날개를 펴고 두 발을 곧추세울 때의 모습을 연상시켰으나 비상하려는 닭의 자태와는 달리 아슬아슬하고 위태위태해 보였다. 하기야 비상하려는 닭이 뜻대로 안전하고 완전하게 비상하는 일은 일어날 수 없는 일이니, 아슬아슬하고 위태롭기가 그와 같았다고 해서 이상하지는 않을 것이다. 워낙 순식간에 눈앞에서 벌어진 일이라 나는 어떻게 해야 할지 몰라 멈칫거렸는데, 그것은 우선 그 사람이 어떻게 하려는 것인지 종잡을 수가 없었기 때문이다. 예컨대 나는 비상하려는 닭처럼 포즈를 취하고 있는 그가 정말로 원하는 것이 비상인지 확신할 수 없었던 것이다. 그렇다고 나에게 비상인 경우에는 어떻게 하고, 그렇지 않은 경우에는 어떻게 한다는 무슨 매뉴얼 같은 것이 있었다는 뜻은 아니다. 그러니까 나는, 스스로 당착적인 말을 하고 만 셈인데, 그 사람이 비상하려고 했다고 판단했든 그렇지 않을 거라고 판단했든 아무 행동도 하지 않았을 거라는 점에는 변화가 없다. 내가 멈칫거리기만 할 뿐 아무 행동도 하지 않고 있는 사이에 남자는 팔을 위아래로 움직이면서 무슨 말인가를 중얼거렸는데, 그 동작은, 떨어질지도 모르는 아슬아슬한 상황에도 불구하고 이상하게 희극적이었다. 주문을 외는 듯 같은 말을 반복했지만 다섯 걸음 정도 떨어져 있는 내 귀에는 정확하게 들리지 않았다. 날개,라는 단어를 들은 것 같다는 생각이 드는 건 그 사람의 몸동작 때문일 가능성이 없지 않다. 아닌 게 아니라 그때 나는 파드득

거리는 닭의 날갯짓 소리를 들은 것 같았다. 그러나 그럴 수 없는 것이 세상의 종말이 오고 있으니 대피하라고 외치는 듯한 정오의 사이렌 소리가 워낙 유난해서 다른 소리는 전혀 들리지 않았던 것이다. 그 사람이 하는 말을 알아듣지 못한 것도 그와의 거리 때문이 아니라 사이렌 소리 때문이었을 가능성이 높다.

한낮의 요란한 사이렌 소리는 내게서 현실감을 빼앗고 엉뚱한 세계 속으로 의식을 끌고 갔다. 그가 닭처럼 날 수 있겠다고 생각했거나 그렇게라도 날기를 바라는 마음이 있었다면 아마 그 때문이었을 것이다. 다행인지 불행인지 옥상에는 그 사람과 나, 어떻게 하려는 건지 판단할 수 없는 그와 그 사람이 어떻게 하려는 건지 판단할 수 없어 어떻게 하지 못하고 멈칫거리기만 하는 나 말고는 없었다. 누군가 그 장면을 보았다면, 두 명의 성격파 배우가 연극을 하고 있다고 생각했을 가능성이 있다. 나도 그제야 알게 된 사실이지만, 그와 나는, 색깔만 다를 뿐 같은 옷을 입고 있고 체구도 비슷한 편이었다. 관객들이 두 사람이 쌍둥이처럼 꼭 닮았다고 여긴다고 해도 이상하지 않을 것 같았다. 역할을 바꿔 한다고 해도 알아차릴 관객이 아마 없을 것이다…… 그런 생각을 하자 문득 이 흥미로운 연극을 보러 온 관객이 한 명도 없다는 사실이 못내 아쉬워졌다. 그러자 어디서 비롯한 것인지 단정할 수 없는 의욕이 불쑥 솟구치는 걸 느꼈는데, 그것은 내게 주어진 이 연극의 배역을 거부하지 않겠다는 것이었다. 충실히 잘 해내고 말리라는 것이었다. 어쩌면 그렇게 함으로써 무작정의 내 산책의 목적지가 왜 미쓰코시 백화점 옥상이었는지를 밝혀내고자 하는 마음이 있었는지도 모르겠다. 내가 왜 여기 왔는가는 연극 속의 그가 왜 여기 왔는지를 통해 해명될 수 있으리라는 야릇한 희망이 그 연극에 더 몰두하게 했으리라고 추측할 수 있다. 나는 나 자신에 대해서도 추측할 수 있을 뿐이다. 나는 나 자신에 대해서도 확신하지 못하는 사람이 되었다.

　도시의 멱살을 쥐고 흔드는 것 같던 사이렌 소리가 멈추자 세상이 갑자기 고요해졌다. 그러자 난간에 위태위태하게 서 있던 사람의 몸이 순식간에, 타이어에서 공기가 빠지듯 그렇게 허망하게 쪼그라들더니 그대로 바닥으로 고꾸라졌다. 그러고는 한동안 움직이지 않았다. 나는 사이렌 소리와 함께 연극이 끝나버린 것인지, 아니면 다음 막으로 이어지는 것인지 분간해내야 했는데, 그 분간이 사실은 내 결정에 속하는 일임을 못이 벽에 박히듯 확고하게 인지하지는 못했다. 어떤 분간도 선명하게 이루어지지 않은 어중간한 상태에서 나는 그 사람이 의식을 잃고 쓰러진 지금이야말로 내 배역의 대사를 해야 하는 시점이라는 것을, 어둠 속에서 손짓으로 보내는 연극 연출자의 지시를 받기라도 한 것처럼 저절로 알아차렸다. 나는 내 몫의 대사를 숙지하지 못하고 있었지만 당황하지 않았는데, 이해하기 어렵지만 누군가 내 입안에 내가 해야 할 말을 넣어준 것 같은 기분이 들었기 때문이다. 그래서 나는 내 몫의 대사를 했다. "박제가 되어버린 천재를 아시오? 나는 유쾌하오. 이런 때 연애까지가 유쾌하오. 육신이 흐느적흐느적하도록 피로했을 때만 정신이 은화처럼 맑소……" 바닥에 누운 채 나를 올려다보는 남자의 눈에서 나는 어떤 간절함을 본다. 나는 그가 나를 말리고 싶은데 손과 발을 움직일 수 없어 눈으로만 신호를 보내고 있는 것 같은 생각이 든다. 그렇지만 그가 왜 움직일 수 없는지, 무엇을 말리고 싶어 하는지는 알 수 없다. 내가 아는 것은 다만 그가 혼신의 연기를 하고 있다는 것이다. 나는 그가 나를 쌍둥이처럼 닮았다고 생각하지만 그도 그렇게 생각하는지는 확신할 수 없다. 방들이 다닥다닥 붙은 그 골목 33번지에서 그를 보았다는 사실을 나는 그에게는 물론 나에게도 알리고 싶지 않다. 그녀가 먹게 한 아스피린이 아달린이라는 사실을 그가 알고 있는지 궁금하지 않다. 그것은 그녀도 모르는 것이다. 아니, 그녀라면 내가 아스피린이라고 준 것이 아달린이라는 걸 알고서도 모른 체했을 수 있다.

그랬다고 단정할 수는 없지만 그러지 않았다고 단정할 수도 없다. 그가 그녀가 준 약이 아스피린이 아니라 아달린이라는 사실을 알고도 먹었는지 나는 궁금해하지 않을 생각이다. 나는 그녀가 그를 존중하지도 않고 무서워하지도 않고 무시하고 시원찮아한다고 느꼈지만, 그리고 그것은 사실이었지만, 그러나 그렇다고 해도 그녀가 그를 사랑하지 않는 것은 아니라는 사실은 느끼지 못했다, 느끼지 못하기를 바랐다. 그녀는 그를 '박제가 된 천재'라고 부르고, 그가 천재이기 때문이 아니라 박제가 되어 있기 때문에 그에 대한 사랑을 버릴 수 없다고 했다. 천재는 사랑하지 않을 수 있지만 박제가 된 천재는 그럴 수 없다는 그녀의 말을 나는 마음에 담아두지 않으려 했다. 나로서는 이해하기 힘들고 이해하고 싶지 않은 이야기지만 그녀는 내가 이해하지 않으면 안된다는 사실을 분명히 했다. 그녀는 확고했고 전혀 양보할 의향이 없었다. 나는 혼란스러웠지만 도리가 없었다. 알 수 있는 것이 점점 없어지고 있다. 바닥에 누운 채로 나를 올려다보는 남자의 눈이 보내는 신호를 나는 수신하지 못한다. 나는 그가 나의 무엇을, 아니면 다른 누구의 무엇을 말리고 싶어 하는지 이해할 수 없다. 나는 무엇을 해서 그에게 말릴 기회를 줄 수 있을지 이해할 수 없다. 그 순간 정오의 사이렌 소리가 다시 들린다. 세상의 멱살을 부여잡고 흔드는 것 같은 맹렬한 소리. 알겠다. 사람들은 모두 네 활개를 펴고 닭처럼 푸드덕거리는 것 같다. 알겠다. 그가 무엇을 했는지, 무엇을 하려다 하지 않았는지, 나의 무엇을 말리려 하는지 알겠다. 그렇지만 그는 말리려는 신호를 줌으로써 나로 하여금 바로 그 일, 그가 말릴 일을 하게 한다는 사실을 알지 못하는 것이 틀림없다. 안다면 그런 신호를 보내서 나를 난간에 올라서게 하지는 않았을 거라고 나는 생각한다. 나는 옥상 난간에 올라서서 몸을 반쯤 웅크리고 양팔을 반쯤 펴고 푸드덕거린다. 내 동작은 위태위태한 자세에도 불구하고 이상하게 희극적으로 보일 거라는 걸 나는 안다. 내 입에서 내 배역의 대사가 나온다. 나는 그것이 나의 마지막 대사라는 것을 안다. "날개야 다시 돋아라. 날자. 날자. 날자. 한 번만 더 날자꾸나. 한 번만 더 날아보자꾸나."

우리들은 마음대로*

김태용

* 르네 클레르René Clair 감독의 영화 「자유를 우리에게À nous la
liberté」가 1931년 한국에 개봉되었을 때의 제목이다. 이상은 르네 클
레르의 초현실적인 영상에 관심이 많았다. 당시 유럽 아방가르드 예
술에 심취해 있었고, 문학은 물론 영화와 음악에 대한 언급 역시 많
이 하고 있다. 이는 김기림, 박태원 등의 글을 통해서도 알 수 있다.
이 글은 「날개」가 『조광』에 발표된 연도와 작품 속 시간을 반영해
1936년 5월을 배경으로 하고 있다. 소설에 나오는 5월에 대한 언급
으로 이 시기에 이상이 「날개」를 쓰고 있었을 것이라고 추측된다. 아
내인 연심蓮心을 화자로, 이상의 예술적 취향과 그의 소설과 산문에
나오는 문구와 어휘들을 활용해 썼다. 고유어와 한자어, 외래어 역
시 이상의 글들에서 대부분 가져왔다. '미스꼬시' 등 경음화된 단어
들 역시 이상 작품과 당시의 표기법을 따라 썼다. 부득불 추가 설명
이 필요한 경우를 제외하곤 부러 주석을 붙이지 않았다.

여보, 박제가 되어버린 천재 따위는 없소.

세기말과 현대자본주의를 비예睥睨하는 거룩한 철학인도

밥상의 밥풀을 뜯어 먹고 변소의 파리와 싸워야만 하오.

생각하면 5월이 아니냐.

5월엔 화장을 곱게 하고 여름 모자도 하나 사고 어딘가로 놀러 가는 게다.

배 타고 바다 건너. 기차 타고 국경 넘어. 꾼빠이.

나는 거리를 걸으며 되는대로 생각한다. 발에 차이는 돌멩이가 지나가는 포드 구루마 가까이 떨어진다. 귀여워. 빠르기도 하고. 보이는 모든 풍경이 영화 같을 거야. 언제쯤 저걸 타고 경성 시내를 구경할 수 있을까. 차창 안으로 단발머리에 고양이 눈 화장을 한 여자의 옆모습이 보인다. 최근 모던 걸 사이에서 유행하는 화장법이다.

나도 어머니가 일본놈팡이를 만나 야밤에 도망가지 않았다면, 아버지가 노름과 술독에 빠져 가산을 탕진하지 않았다면, 그리고 생활을 놓고 박제가 되어버린 천재 타령을 하며 빈궁 연구에 골몰하느라 나를 뭇 사내의 바지 주머니나 노리는 첨단尖端의 악처惡妻로 만든 지금의 남편을 만나지 않았더라면, 진명여고보를 무사히 졸업한 뒤 오피스 걸이 되어 저 차에 타고 있거나, 책을 옆에 끼고 이화여전 가사과家事科 쯤은 다니고 있었을 것이다. 어릴 적부터 꿀방구리처럼 야무지고 앵무같이 총명하다는 소리를 많이 들었기에 충분히 가능한 또 다른 미래의 내 모습이다. 포드가 나의 헛된 바람을 짓뭉개버리듯 굉음을 내며 멀어져간다. 그래, 잘 가라. 굳빠이.

포드의 뒤꽁무니를 향해 보란 듯이 입술을 삐죽 내밀어 실룩거렸다. 진솔 버선 속의 발을 꼼지락거리며 걸어간다. 건물들이 나날이 새로 들어서고 있다.

'공지空地가 없다는 말이외다. 숨을 쉴 수 없다는 말이외다.'

공지가 없다고 말하면서도 그이는 경이로운 눈으로 거리를 둘러보며 비칠비칠 걸어 다닐 것이다. 도대체 요즘 어디에서 어디로 그렇게 들입다 쏘다니고 있는지 모르겠다. 도둑질에 계집질까지 하고 다니는지 내 어찌 알겠는가. 물어뜯어도 시원찮을 의뭉스러운 쭉정이. 피죽도 못 먹은 울상을 하고 지금은 또 어디를 헤매고 다니고 있는 거야.

종로의 관철여관을 지날 때 발길이 자연스럽게 멈춰졌다. 남편과 처음 같은 베개를 베고 누운 곳이다. 베개에 난 머리 자국을 보며 남편은 「머리 모양」이라는 시를 지어 아랫배를 움켜쥔 채 벽 쪽으로 돌아누워 있는 나에게 읊어주었었다. 보릿가루를 한 움큼 삼킨 텁텁한 목소리.

나는 이제 머리가 두 개요.

왼쪽에 하나

오른쪽에 하나

하나는 안드로메다에서

하나는 오리온에서 왔소

어느 게 더 빛날지 모르오

어느 게 더 슬플지 모르오

모르오

정말 모르오

잠깐, 모르오의 오 자는 숫자 5로 바꿀 까닭이 있소

모르5

정말 모르5

그래도 나는 지금 안드로메다 머리를

더 사랑하고 있는 것만 같소

머리 모양이 예쁘기 때문이외다

한동안 그 시를 외우며 종로 일대를 돌아다닌 적도 있다. 머릿속에서 지우려 해도 지워지지 않는다. 아무짝에도 쓸모없는 기억력이다. 관철여관 옆에 쌓아놓은 목재가 갑자기 와르르 무너진다. 줄무늬 양말에 어울리지

않게 커다란 양구두를 신은 소년이 발로 차버린 것이
다. 뒤미처 옴팡져 보이는 여인이 여관 문을 열고 나와
소년에게 소리를 지른다. 그새 주인이 바뀐 모양이다.
소년도 가만히 있지 않는다. 아주 깡그러진 표정을 짓
고 있다. 마음에 드는 얼굴이다.

　'내래 집 나가겠습네다.'

　'간나 새끼, 니 지금 뭐라 했나?'

　둘의 악다구니를 뒤로하고 다시 걸음을 옮긴다.

　천변을 따라, 5월의 투명한 햇살 속에서 정처 없이 걷
고 있자니 나란 사람이 누군가 꾸고 있는 꿈속의 작은
오점만 같다. 오점은 점점 커져 총천연색 얼룩이 되어
꿈을 더럽힌 뒤 머리 밖으로 오색 나물의 형태로 터져
나오고 말 것이다. 한창때는 이런 기이한 생각들을 주
고받으며 남편과 강아지, 고양이 소리를 내며 깔깔대고
웃은 적도 있었다.

　그때는 그이가 남편이 아니라 해경 씨였다. 남편이
된 해경 씨는 자신의 이름을 잊은 사람처럼 존재를 망
실해 무력과 게으름의 극단을 보여주고 있다. 어디서부
터 잘못되었는지 모른다. 애초에 우리 부부는 숙명적으

로 발이 맞지 않는 절름발이인가 보다. 미모사마냥 섬세해 내 마음을 흔들기도 했었는데 이제 퀴퀴한 이불 속 쉬척지근한 쭉정이가 된 것이다. 그냥 어디 가서 콱 뒈져버렸으면 하고 바라면서도 마음 한 켠에서는 값싼 측은심이 들어 어리석은 내 머리끝만 잡아당기곤 한다.

약속이 없어도 외출을 하는 것은 나의 황홀한 사업이다. 한낮의 거리를 건다 보면 안면이 있는 사내들을 우연히 만날 수 있고, 그들을 골려 먹는 재미가 쏠쏠하다. 밝은 거리에서 만나면 대개 덴겁해 나를 피하거나 모른 척한다. 혹은 뭔가를 사주기 위해 나를 끌고 남대문 시장으로 가려고 하지만 어림도 없다. 내 편에서 미스꼬시, 화신, 히로다, 조지야, 미나까이 백화점에 가자고 하면 꽁무니를 빼기 일쑤다. 그들의 생활난을 알기에 한심하고 퍽이나 불쌍해 보여 혀끝을 찰 뿐이다.

그렇지 않더라도 한낮의 외출이 없다면 이 숨 막히는 삶을 어찌할 도리가 없고, 나 역시 이불 속으로 들어가 빈궁한 연구에 빠져 미상불 삼정三停과 오악五岳이 고르지 못한 빈상貧相이 되고, 몸의 수분이 다 빠져 말라 죽게 될 것이다.

"여보, 박제가 되어버린 천재를 아시오? 우주의 먼지 구덩이인 인간 영육의 비루함과 나의 레종데트르raison d'être를 실험하고 있는 거외다. 나는 유쾌하오. 정말 유쾌하오."

며칠 전 남편은 신열에 들떠 헛소리를 하다 내가 아끼는 아코디언 치마에 얼굴을 묻고 침을 흘리며 울었다. 그러니까, 아스피린 대신 아달린을 먹여 진정시킬 수밖에 없다. 레종데트르가 무슨 구겨진 담뱃갑 이름이라고.

어느새 미스꼬시 근처까지 오게 되었다. 눈이 부실 정도로 아름다운 것들과 향기 좋은 것, 맛나는 것을 탐하기도 하지만 가끔 미스꼬시 옥상정원에 올라 인공 연못의 금붕어를 멍하니 바라보는 것도 내가 사랑하는 일 중의 하나이다. 덕수궁 연못의 금리어*에 비할 바는 없지만, 흐늑흐늑 허비적대는 금붕어가 꼭 회탁의 거리 속에 갇힌 내 처지만 같아 잠시 위안이 되기도 한다.

  * 이상의 수필 「조춘점묘—공지에서」의 '덕수궁에 적을 둔 금리金鯉 떼'에서 가져온 것으로 금잉어를 의미한다.

오랜만에 금붕어와 눈을 맞출까, 하고 미스꼬시 앞에 다다르니 주변에 사람들이 모여서 웅성거리고 있다. 남편이 보여준 입체파니 미래파니 뭔가 하는 한 폭의 난잡스런 그림처럼 각양각색 사람들이 모여 있는 것이 보였다.

쓰개치마, 미쯔조로이, 도리우찌, 깨끼저고리, 오페라백, 헌팅캡, 경제화, 칠보 구두, 란도셀, 데파트 걸, 지게꾼, 얼금뱅이, 인력거꾼, 부랑아, 숍 걸 등이 모여서 저마다 탄식과 비명을 지르고 있었다. 차들의 경적 소리, 자전차의 딸랑이 소리도 한몫한다. 그 한 귀퉁이에 황구 한 마리가 무심하게 아래를 열어 보이며 퍼질러져 있다.

나는 사람들 사이를 비집고 얼굴을 들이밀었다.

참으로 산란한 봉두난발과 칼면도가 필요한 도둑 수염의 사내가 몸이 뒤틀린 채 땅바닥에 엎드려 있었다. 다 떨어진 코르덴 양복 바지통 밖으로 허옇고 마른 발목이 삐져나와 있고, 구두 한 짝은 어디로 갔는지 보이지 않았다. 어깨뼈가 툭 튀어나와 마치 기이한 생물체의 날개가 이제 막 돋아나오려다 멈춘 것만 같다. 몇 몇 사람들이 고개를 들고 손을 들어 미스꼬시의 옥상을 가리켰다. 그들의 말을 고양이의 하품마냥 한 귀로 듣고 한 귀로 흘리려고 했지만, 메밀껍질로 띵띵 찬 베개에 얻어맞은 듯 휘청거리고 말았다. 머릿속에서 레코드판이 돌아가는 소리가 반복해서 들리기 시작했다. 풍각쟁이의 뿔피리 소리가 울리고 잔망스런 음표들이 쏟아졌다.

진정해. 연심아. 진정해.

심장 속에서 입이 삐뚤어진 금붕어 한 마리가 미친 듯이 팔딱댔다. 거리와 사람들이 내뿜는 소음의 껍데기가 벗겨지자 귀를 기울이게 만드는 목소리가 들렸다. 얼굴에 구두 칠을 한 아이가 이상한 말을 노래처럼 내뱉고 있었다. 아마 사내의 마지막 말인지도 몰랐다.

'아스피린, 아달린, 아스피린, 아달린, 맑스, 말사스, 마도로스, 아스피린, 아달린, 연심이, 연심이.'

아니외다. 아니외다. 내가 아니외다. 몇 해 전 조선극장에서 본 불란서 영화 「몽 파리」에 나온 여배우마냥 나는 입을 막고 뒷걸음질 치면서 사람들 틈에서 벗어났다.

당신은 천재가 맞아. 하지만 당신은 도망자, 사기꾼,

야옹,* 이매망량魑魅魍魎의 천재야. 유쾌해. 이런 때 유쾌해.

삽화 속 말풍선 같은 말들이 머리 위로 부풀어 올라 터지고 있었다. 누군가 내 어깨를 잡으며, 연심 씨 어디가,라고 말할 때에야 온몸이 땀에 젖도록 빠르게 걷고 있다는 것을 알았다.

조지야 백화점 양장점에서 일한다는 황 모였다. 나에게 분홍 슈미즈chemise를 건네며 월미도 조탕潮湯으로 여행을 가자고 졸랐는데, 젖비린내가 풀풀 풍기는 녀석이고, 조지야 양장점 근처에도 못 가는 염천교 구둣방에서 수선공으로 일하고 있다는 것도 잘 알고 있다. 귀여운 구석이 없잖아 있어 찾아오는 것을 마다하지 않았지만 진작에 싸구려 슈미즈를 변소에 버렸고, 기회가 되면 등짝을 발로 차버릴 생각을 하고 있었다.

"누구세요?"

"연심 씨 아닌가요?"

* 이상의 소설 「실화」에 나오는 '야옹의 천재'에서 가져온 것으로, '거짓말을 아주 잘함'이란 뜻이다.

대놓고 눈을 쏘아보자 타고난 소심함으로 겁을 먹고
물러선다.

"죄송합니다. 너무 닮아가지구. 헤헤."

머리를 긁적이며 걸어가는 뒷모습을 보고 저 녀석이
오늘 밤 33번지의 칼표딱지가 붙어 있는 내 집으로 찾
아 들겠지, 하는 생각이 들자 속이 메슥거렸다. 조갈이
난 입속의 마른침을 모아 바닥에 뱉었다.
　이마의 땀을 닦고 요사스러운 꿈속에서 빠져나온 것
마냥 눈을 비비며 앞을 보았다. 경성역이 보였다. 그제
야 거리의 소음들이 다시 들려오기 시작했다. 미스꼬시
에서 어떻게 경성역 앞까지 왔는지 시간을 가늠할 수
없었다. 이 모든 것이 망할 신들의 계략인지도 몰랐다.
언젠가 책보만 한 빛이 드는 남편의 방을 뒤적이다 떨
어져 펼쳐진 책의 한 구절이 떠올랐다. 신들의 계략이
무슨 말인지 아오? 가끔 찾아오는 연희전문대 법학부
출신이라는 나부랭이에게 물어봐야지 하고 있었는데
어느새 잊고 있다 지금에야 생각이 난 것이다.

쳇, 망할 신들의 계략이라니. 그게 도대체 뭐란 말이야. 망할 아랫도리들 뒈져버려라. 줄줄이 뒈져버려라. 아랫도리를 가진 신들도 뒈져버려라. 박제도, 천재도 다 뒈져버려라. 그리고 이제 나는 뭐 될 대로 되라지.

여러번 자동차에 치일번하면서 나는 그래도 경성역을찾어갔다. 빈자리와 마조앉어서 이 쓰디쓴입맛을거두기위하야 무었으로나 입가심을하고싶었다. 커피—. 좋다.*

경성역 티룸의 대각선 건너편에 앉아 있는 단구短軀의 척신瘠身인 여자는 왠지 낯이 익다. 브이넥 스웨터에 테일러 재킷, 머리에는 베레모를 쓰고 있다. 무릎 치마와 에나멜 구두가 새것처럼 날이 서 있고 반짝인다. 미용실 잡지에서 본 일명 보니 룩bonnie look 스타일이라는 것이다. 하지만 이상하게 저 차림보다는 흑백 저고리 치마에 눈깔 비녀를 꽂은 쪽 찐 머리가 더 잘 어울릴 것만 같다.

* 「날개」의 원문을 그대로 인용함.

여자가 오페라백에서 분홍색 케이스를 꺼내 열고 담배를 하나 입에 문다. 지포 라이터로 불을 붙인다. 여고보 시절 미술 시간에 따라 그린 혜원의「미인도」를 연상케 하는 얼굴에 기이할 정도로 가느다랗고 긴 눈썹을 움직이며 담배 연기를 내뿜고 있는 여자를 보니, 나도 이제 행복한 과부, 메리 위도merry widow처럼 다리를 꼬고 앉아 구름 꼭지를 하나 입에 물면 좋겠다 싶은 마음이 간절해진다. 담배 정도는 나도 피울 줄 안다. 다만 어릴 적부터 폐가 좋지 않아 안 피우고 있을 뿐이다.

티룸의 사운드박스에서 귀에 익은 바이올린 소리가 들려온다. 베토벤의 미뉴에트 G장조. 미샤 엘먼Mischa Elman의 연주인가.

'내년, 내년이 온다면 부민관에서 미샤 엘먼의 연주를 꼭 듣고 싶소.'

몹시 추웠던 올 1월의 어느 날, 남편은 낡은 외투 주머니에 손을 찔러 넣은 채 파고다 전파사 앞에서 한참 동안 축음기의 음악 소리를 듣고 있었다.

내년은 1937년이다. 미샤 엘먼이 부민관에서 바이올

린 독주회를 연다. 경성의 멋쟁이들과 예술가 나부랭이들이 모두 모일 것이다.* 지금 남편은 33번지 문 앞의 칼표딱지를 만지작거리고 있을지도 모른다. 만약에 1937년이 온다면, 1937년에 남편이 살아 있다면, 1937년에도 여전히 같이 살고 있다면 그에게 부민관 연주회 티켓을 사줄 수도 있다. 티켓을 사서 눈앞에서 갈기갈기 찢어버릴 수도 있다.

식은 커피를 한 모금 마신다. 뭐라 하기 어려운 커피 맛이 입안에 맴돈다.

베토벤의 음악이 끝날 때쯤 건너편에 앉아 있는 여자가 보일 듯 말 듯한 미소를 지으며 내 쪽으로 걸어오고 있다. 걸음걸이가 예사롭지가 않다. 가까이서 보니 더 낯이 익다.

"여기 앉아도 되우?"

"앉으시지요."

* 실제로 이상은 1937년 부민관에서 열린 미샤 엘먼의 공연을 보았다.

나도 모르게 허리를 쭉 펴게 된다.

"참 볼 만한 미엽媚靨을 갖고 있어요."
"네엥?"
"보조개가 눈을 홀립디다."

왜 얼굴이 화끈거리는지 알 수 없었다. 거울을 보고
싶었다. 아니 거울을 슬쩍 훔쳐보고 싶었다.

"담배 피우지요?"

고개를 끄덕이자 담배를 하나 꺼내준다. 칼표가 아닌
웨스트민스터이다. 입으로 가져가 물자 지포 라이터를
켜 불을 붙여준다. 오랜만에 구름 꼭지를 물고 있으니
좋다. 푸른 술이라도 한 모금 마시면 어느 황혼의 저녁
으로 돌아가 이런 창가를 흥얼거릴 수도 있다.
  '속아도 꿈결 속여도 꿈결 굽이굽이 뜨내기 세상 그
늘진 심정에 불 질러버려라.'
  담배 한 개비로 내 방은 물론 33번지를 다 태워버릴
수도 있다. 이왕이면 미스꼬시도 태웠으면 한다. 더러운

것, 아름다운 것, 다 불에 타버리면 좋겠다.

지나가는 사람들이 여자와 나를 흘끔 째려보거나 혀 끝을 차고 지나간다. 그러거나 말거나. 고개를 살짝 옆으로 돌려 담배를 피우며 날카로운 코끝을 찡긋거리는 여자의 표정을 보니 이제야 누구인지 알 것 같으다. 영화, 영화에서 본 여자다. 쪽 찢어진 내 눈이 조금 커지는 것을 보고 여자는 검지를 세워 자신의 입술에 댔다. 영화 속 동작처럼 부자연스러워 보였다. 입꼬리가 살짝 올라가 있다.

"내 본래 이름은 문정원文丁元이라우. 송아지도 한 번 보면 내 이름을 쓸 수 있지요. 예봉은 너무 어렵지. 어려워. 이름이 뭡네까?"

"연심이요. 안연심."

"연심 양은 영화 좋아하우?"

"물고기 다음으로요."

"머리를 좀더 짧게 자르면 좋을 것 같으네. 다음 영화에 데파트 걸로 출연 시켜줄게요. 바보 같은 내용이지만 내가 좀 미친 연기를 잘하면 아주 성공할 거라고, 감독이랑 제작자랑 다 그럽디다."*

"난 연기를 해본 적이 없어요."

"해본 적이 없으니까 할 수 있씨오."

희한하게도 평양과 서울 사투리를 섞어 말하는 문예
봉이 오페라백에서 동경 캐러멜 하나를 꺼내 나에게 건
넨다. 곱게 싸인 포장지를 벗겨 입에 넣자 달콤한 맛과
치아를 건드리는 부드러운 감촉이 몸을 붕 뜨게 한다.
속아도 꿈결, 속여도 꿈결만 같다.

영화는 꿈의 예술이라고 쓴 글을 잡지에서 읽은 적이
있다. 나는 이미 영화 속에 있는지도 모른다. 박제가 되
어버린 천재가 등장하던 영화는 이제 끝났고 새로운 영
화가 시작된 것이다.

"정원 언니라고 부르라우."

* 여기 등장하는 함흥 출신의 배우 문예봉은 1936년 10월에 개봉된 영
  화 「미몽」의 여주인공이다. 「미몽」과 뒤이은 작품들의 성공으로 문
  예봉은 일본까지 널리 알려지게 된다. 친일 배우라는 오명을 얻었고
  월북 후 유명한 인민 배우로도 활동했다. 시기를 단정 지을 수는 없
  지만 이 장면은 「미몽」이 크랭크인 되기 전 상황을 허구적으로 만든
  것이다. 「미몽」에는 데파트 걸이 잠시 등장하기도 한다.

그 이후 정원 언니와 나는 이런저런 얘기를 나누었다. 내가 방금 남편이 죽었다고 하니까 깔깔대고 웃었다.

"남자들은 원래 다 죽지요. 그래서 억울해 영화에서 자꾸 여자를 죽이는 거라우."

이번엔 내가 깔깔대고 웃었다. 정원 언니와 나의 웃음이 티룸 안을 울렸다. 한 남자가 다가와 아는 체하자 정원 언니는 나는 그런 사람이 아니라고 손사래를 친다. 이번에도 나는 깔깔대고 웃었다.

"함께 가자우. 함흥에서 수박 냉면을 사줄게요. 수박 껍데기 고명을 얹힌 냉면을 먹을 수 있는 유일한 곳인데 맛이 기가 막히다우. 그걸 먹고 나야 영화를 들어갈 수 있을 것만 같다니까."

기차표와 숙식을 해결해준다는 정원 언니의 제안으로 나는 언니의 고향인 함흥에 가기로 했다. 먼저 평양행 기차를 타야 한다. 기차를 기다리면서 우리는 몇 개

비의 담배를 더 피우고 드문드문 이야기를 나누었다. 누군가와 이렇게 이야기를 나눠본 적이 얼마 만인지 모르겠다.

탁자 위에 돌돌 말린 캐러멜 포장지가 굴러다닌다. 정원 언니는 10년 전의 일이라며 김우진과 윤심덕 이야기를 해주었다. 현해탄에 몸을 던진 연인의 이야기. 그 이야기는 오래전부터 한 편의 소설이나 영화처럼 사람들의 입에 오르내리곤 했다. 하지만 정원 언니에게서 들으니 전혀 새롭게만 들린다.

"그날 이후 몇 쌍의 커플이 에이더블 쑤싸이드를 했는지 모른다우. 남과 여는 물론 남남과 여여도 있지요. 우리들은 마음대로 할 수 있어요. 연심과 나도 함께 기차에서 몸을 던질 수 있다우."

표정을 보면 농담을 던진 것이지만 정원 언니의 말에 이상하게 얼굴이 화끈거리고 아랫배가 뜨뜻해졌다. 누군가를 처음 좋아하게 된 어린 시절로 돌아간 것만 같다. 그게 누구였는지 잊어버렸지만 말이다.

알파벳 정도는 나도 쓸 수 있다는 생각에 탁자에

Adouble suleide*라고 손가락으로 써보았다. 정원 언니의 손가락 끝이 내 손가락 끝과 닿을 듯 말 듯 하고 있다.

미스꼬시 옥상에서 몸을 던진 구두 한 짝을 잃은 사내의 이야기는 10년 뒤에도 사람들의 입에 오르내릴 수 있을까. 에이론리 쑤싸이드ALonely Suicide. 지금쯤 33번지에 순사들이 찾아와 방 안을 뒤지고 있는지도 모른다.

티룸의 시계는 정확하다. 거짓말을 하지 않는다. 곧 평양행 기차가 출발할 것이다. 정원 언니와 기차에서 몸을 던질 수 있을까. 아니면 함흥까지 가서 수박 냉면이라는 것을 먹어볼 수 있을까. 순간 지금까지의 비루했던 내 삶이 영화의 필름처럼 휘감기고 있는 것만 같았다.

　머릿속에서는 희망과야심의 말소된페—지가 띡슈내리 넘어가듯번뜩였다.**

* 이상의 소설 「단발」의 원문에는 Adouble Suleide라는 문장이 있다. 이상 연구자들은 A Double Suicide(한 쌍의 자살)의 잘못된 표기라고 보고 있다.
** 「날개」의 원문을 그대로 인용함.

짧은 북쪽 기행을 마치고 나는 정원 언니와 함께 무사히 경성으로 돌아와 데파트 걸이 되어 영화에 출연할지도 모르지만, 또 다른 미래의 나는 평양으로 가 사라질 것이다. 유리와 강철과 대리석과 지폐와 아름다운 옷감들이 유난을 떨고 있는 또 다른 도시, 평양의 거리 속으로 사라질 것이다. 돌아오지 않을 것이다. 영영. 이름을 바꾸고. 꾿빠이. 한 번만 더. 꾿빠이. 다시는 이곳으로 돌아오지 않을 것이다. 더 이상 나는 여기에 없을 것이다.

평양행 기차가 곧이어 플랫폼으로 들어온다는 안내 방송이 들린다. 정확한 시간이다. 정원 언니가 옷매무새를 고치며 떠날 채비를 한다. 일어나자. 가자. 나는, 우리들은 이제 마음대로 할 수 있다.

진술에 따르면

임현

1

미쓰코시 백화점에서 투신한 사내의 신원은 다음 날 오후쯤 확인되었다. 변사 사건의 경우, 시기를 놓치거나 증거를 확보하지 못해 자칫 수사가 장기화될 가능성이 컸는데 사망 후 수개월이 훨씬 지나 발견되는 일도 드물지 않았다. 어렵사리 신원이 확보된다고 하더라도 대개는 무연고자들이라 유족들과 연락을 하는 데만도 무진 애를 먹어야 했다. 그러나 금번 미쓰코시 사건의 경우는 보다 단순한 편에 속했다.

무엇보다 목격자가 있었다. 미쓰코시를 바라보는 쪽

으로 도로 하나를 건너 동냥하던 자였는데, 그는 당시 사고자가 백화점 옥상에서 스스로 뛰어내리는 걸 똑똑히 지켜보았다고 증언했다.

"혼자서? 누가 뒤에서 떠밀었다거나 위해를 가했다거나 하는 것 없이?"

내 질문에 그는 여러 번 고개를 끄덕였다.

"옥상 난간에 한참을 서 있길래 이상하다 싶었거든요. 저러다 무슨 일이 나겠다 싶었는데, 아니나 다를까……"

그의 말을 나는 수첩에 받아 적었다. 그러고는 잠깐 우리가 선 자리에서 사고 지점인 미쓰코시의 옥상 쪽을 바라보았다. 이런 곳에 누군가 뛰어내린다면, 보지 못하는 게 더 이상할 정도로 번화한 거리였다. 정황상 타살을 의심할 만한 점은 거의 없어 보였다. 그럼에도 의문이 남았다.

"그런데 자네는 평소에도 저곳을 자주 올려다보는 것인가?"

"그…… 그게 무슨 말씀이십니까, 경부 나리?"

어쩐지 그가 뭔가를 숨기고 있다는 의심이 들었다.

"그게 아니라면 어째서 일부러 보지 않으면 어려울

정도로 높은, 저 옥상에 있는 사람을 볼 수 있었다는 건가?"

살인 사건은 크게 두 가지 동기로 나눌 수 있다. 치정 문제이거나 돈 문제이거나. 복잡하게 얽혀 있는 듯 보여도 풀어놓고 보면 결국 거기서 거기라는 뜻이다. 둘 모두일 수는 있어도 둘 중 어느 것도 관련되지 않는 경우는 경험적으로 거의 없었다. 아내가 살해됐다면 가장 유력한 용의자는 최초 신고자인 남편이 될 것이고, 미혼자라면 금전 관계부터 먼저 추적하는 게 순서였다. 사태를 되도록 단순하게 보는 것. 그것이 범죄와 범죄자를 대하는 가장 기본적인 자세인 셈이다. 그러나 다만, 이것도 살해 혐의를 물을 수 있는 경우에 그렇다는 것이고 이번 미쓰코시에서 일어난 자살 사건과 같은 사례라면 전혀 다른 문제가 되었다. 용의자를 대하는 것보다 유족을 대하는 일이 나로서는 훨씬 더 난감한 문제였다. 의심보다 위로를 하는 상황이 더 복잡한 감정을 필요로 했기 때문이다.

본서로부터 연락을 받은 미망인은 사체를 확인하기 위해 공시소를 찾았다. 이후로 형식적인 절차가 남아 있었는데, 신상을 확인받고 사망자와 관련된 사무적인 질문을 하는 일이 여간 곤혹스러운 일이 아니었다.

"힘드시겠지만, 몇 가지 여쭙겠습니다. 혹여 부군께서 평소와 다르게 행동한 점은 없었습니까?"

미망인은 내 물음에 곧바로 대답하지 않고 한참 동안 바닥만 바라보고 있었다. 무언가 할 말을 고른다는 인상이었으나, 나는 재촉하지 않고 기다려주었다. 이윽고 미망인의 입이 열렸다.

"근래 들어서 자주 외출을 했어요."

"특별히 누굴 만났다고 하던가요?"

"아니에요. 그냥…… 돈을 주고 싶었다고 했어요."

"돈이요? 누구에게 말입니까? 그게 무슨 돈이었는지 짐작 가시는 데라도 있어요?"

어렵게 시작된 대화는 그러나 얼마 가지 않아 다시 깊은 정적 속으로 빠져버렸다.

타살의 흔적은 전혀 찾을 수 없었으므로 수사는 얼마 가지 않아 단순 자살 사건으로 종결될 공산이 컸다. 사망자의 집에서 발견된 다량의 아달린 역시 평소 그의 심리 상태가 몹시 불안정했다는 점을 뒷받침해주었다. 그런데도 지금 이 미망인의 표정은 내가 오랫동안 보아온 여느 범죄자들의 것에 더 가까워 보였다. 눈에 띄게 불안해했다. 이윽고 그녀의 입술이 파르르 떨리더니, 무어라 중얼거렸다. 아주 작고 메마른 목소리였으나 그 짧은 순간을 나는 결코 놓치지 않았다.

"뭐라고요? 방금 뭐라고 하지 않았습니까? 다시 한번 말씀해보세요."

"아무래도 내가…… 그 사람을 죽인 것 같다고요. 내가요, 내 남편을…… 그래요, 내가 그랬어요."

줄곧 바닥을 향해 있던 고개를 들어 올리며 그녀가 보다 또렷한 음성으로 말했다. 미망인의 시선은 분명 나를 향하고 있었다. 그런데도 나를 보는 것인지 더 먼 곳을 보고 있는지만큼은 분명치 않았다. 그러고는 나는 그녀의 이야기가 다시 시작될 때까지 아주 오랜 시간을 기다려야 했다.

2

몇 해 전인가, 한번은 누가 버린 건지 잃어버린 건지 모르겠는 가방 하나가 화단 안쪽에 놓여 있던 적이 있었어요. 하얀 모피로 장식된 작은 손가방이었는데 사는 곳에서 그리 멀지 않고 사람들이 자주 오가는 길목 근처에서였습니다. 텃밭처럼 이것저것 심어놓은 것들이 많아서 자세히 살피지 않으면 잘 보이지는 않는 곳이었어요. 정오 무렵, 집으로 오는 길에 내가 그걸 보았습니다. 새파란 모종들 사이에 그 가방의 귀퉁이가 언뜻 보였거든요.

물론 그때 나는 당장 그것을 집어 들 수도 있었습니다. 보다 한산한 곳이었다면 심어진 것들을 헤치고 서둘러 챙기려 했겠지요. 그러나 보는 눈이 많았고, 혹시라도 누가 잠깐 두고 간 것일지도 모를 일이잖아요. 아니라면 근처에서 혹시 지켜보고 있는 건 아닐까. 트집을 잡고 망신을 주려고 누가 부러 계획한 건 아닐까. 가방 대신 나는 주변을 살폈습니다. 바쁘게 지나는 사람들이 많았습니다. 그중에 누구라도 가방의 주인이라고 주장해도 하나도 이상하지 않아 보였어요.

그 밤, 나는 좀처럼 잠들지 못했습니다. 정확히는 잠들지 않으려고 애썼습니다. 그러고는 새벽 무렵 아무도 없는 빈 골목을 나는 기다려 서둘러 그 화단 쪽으로 달려갔어요. 지나는 게 하나도 없는 골목에서 주변을 두

리번거리며, 조심스럽게 눈여겨 뒀던 장소를 다시금 확인하기도 했습니다. 안전하다는 확신이 든 순간, 지체 없이 그 화단 안쪽으로 손을 집어넣었어요. 혹시라도 누가 먼저 주워 간 것은 아닐까, 마음이 급했거든요. 그러나 그것은 여전히 그대로 거기에 있었습니다. 다만, 집히는 감촉이 이상했어요. 내가 기대했던 것과는 달리 어딘가 물컹한 것이 만져지는 게 아니겠습니까. 나는 기겁하며 잡은 것을 급하게 떨쳐버렸습니다.

생각해보면요, 그런 곳에 가방이 있다는 게 처음부터 이상한 일 아닌가요. 그런데도 어째서 나는 전혀 의심하지 않았을까요. 내가 본 게 잘못됐다고, 그런 곳에 가방 같은 건 없다고 생각하는 게 더 맞는 거 아닌가요? 내가 봤다면 누구라도 볼 수 있었을 텐데, 그 사람들은 보지 못한 것들이 왜 내게만 보였다고 믿어버린 걸까요. 그날 온종일 내가 가방이라고 믿었던 것은 죽은 개였습니다. 앙상하게 마른 작은 개 한 마리가 거기 죽어 있더라고요.

빈손으로 돌아오는 새벽길에 내가 느낀 그 참담한 감정을 나는 정확히 뭐라고 불러야 할지 알지 못했습니다. 고작 죽은 개 한 마리 때문에 이 새벽까지 잠도 자지

않고 기다린 내 꼴이 우스웠어요. 그런 걸 누군가에게
뺏길까 봐 전전긍긍하던 내 모습이 자꾸 떠오르는 거예
요. 괜한 욕심을 부렸다고, 아무도 보지 못한 게 그나마
다행이라고 스스로를 위안할 뿐이었습니다. 정말이지
그 골목에는 나 말고 아무도 없었거든요. 그런데도 부
끄러움은 좀처럼 줄어들지 않더군요.

이후로 며칠 동안 나는 그 화단 쪽을 피해 다녔습니
다. 더 빠른 길을 두고도 일부러 돌아가는 길을 택했습
니다. 그런데도 좀처럼 그 물컹한 감촉은 떠나지 않았
습니다. 잠들지 못하는 밤에는 그게 더 선명하게 떠올
랐습니다. 그러다 기어코 어느 새벽, 나는 마음을 다잡
고 다시 그 화단으로 향했습니다. 전에 그 개가 죽어 있
던 자리는 어둑해서 잘 보이지 않았습니다만, 대신 그
곳 가까운 자리쯤에 나는 평소 아끼던 분첩 하나를 던
져두고 돌아왔습니다. 그러고는 다음 날 이른 아침부터
나는 또 그 화단이 있는 골목 주변을 배회했습니다. 분
첩은 밤새 그대로였습니다. 그러나 정오가 지나기 전에
나는 화단을 뒤적이는 젊은 여자를 발견할 수 있었습
니다. 나는 그 사람을 제지하지 않고 가만 내버려 두었
습니다. 인기척을 느낀 그 여자가 나를 바라볼 때도 피

하지 않았습니다. 어딘가 민망한 기색으로 분첩을 쥐고 잰걸음으로 사라지는 뒷모습을 나는 오랫동안 바라보기만 했습니다. 물론 내가 잃은 것도 있었습니다. 분첩만큼의 비용이 든 셈이니까요. 그런데 어쩐 일인지 나는 그만큼의 부끄러움도 감면받은 기분이었습니다. 그 여자와 내가 그걸 함께 나눠가졌다고요. 이후로 나는 그 화단을 지나는 일이 전에 비해 아주 참담하지는 않았습니다. 그게 아주 오래전 일이었거든요. 그런데 근래 들어 나는 자꾸 그때 내가 두고 온 분첩 같은 것들이 떠오르더라는 겁니다. 그러니까 어쩌면 다시 그런 상태가 되어버린 게 아닐까. 죽은 개를 내가 손가방으로 잘못 보았듯 내가 줄곧 내 남편을 다른 사람으로 오해했던 게 아닐까.

경부 나리, 남편과 나는 33번지의 18가구 중 일곱째 칸에 살았습니다. 장지를 두고 두 칸으로 나뉜 다락방에 남편이 기거하고, 나는 바깥쪽 방에서 손님을 받았습니다. 그것이 우리의 유일한 생계였습니다. 무엇보다 무기력하게 종일 잠들어 있는 내 남편을 보고 있으면요, 나는 조금 내가 견딜 만해졌습니다. 이해하시겠어

요? 손님들에게서 받은 50전짜리 은화를 남편에게 건
넬 때의 그 기분 같은 거. 아마, 오래전 내가 던져버린
그 분첩 같은 거라고 생각합니다. 그때마다 이유 없이
편안해졌거든요.

그런데요, 그 사람이 언젠가부터 외출을 하고 돌아
와서는 내게 그 돈을 돌려주기 시작하잖아요. 자꾸 돈
을…… 그게 어떤 돈인데…… 내가 그걸 왜 그 인간에
게 쥐여줬는데…… 자꾸 그걸 내게 도로 떠넘기려 하잖
아요. 나를요, 자꾸 부끄럽게 만들려고…… 그러잖아요.
그게 나를 참을 수 없게 만들더라 이 말입니다. 그런데
요 경부 나리, 나는 아직도 모르겠어요. 그럼 그 사람을
그렇게 만든 건 또 뭐였을까. 도대체 무엇이 그를 그토
록 부끄럽게 만들었던 걸까요. 그게 뭐였길래, 자기 자
신까지 버려야 했던 걸까요. 그런 생각을 오래 하다 보
면요…… 아무래도 정말 그게 나 때문인 것 같다는 거
예요. 그것 외에 도무지 떠올릴 수가 없습니다.

3

이후 미망인의 진술에 따르면, 그녀는 남편에게는 해열제라고 속여 아달린을 장기 복용시켰다고 했다. 밤낮없이 다시 잠들기만 해준다면, 모든 게 회복될 수 있을 거라고 믿었다고도 했다. 다시 손님을 받고 부끄러움을 나누고, 생계를 유지하는 평범한 삶을 바랐다고.

미망인은 결국 기소되지 않았다. 나는 무엇으로도 그녀의 죄를 물을 수 없었다. 그녀가 먹인 것은 고작 네 알 가량의 아달린일 뿐이지 않나. 직접적인 사망의 원인이 되지 못했다. 대신 그날 저녁, 나는 집으로 돌아가는 길에 미쓰코시 백화점의 옥상을 전에 없이 오래 바라보았다. 아무래도 단순해지지 않는 문제를 가능한 한 이해해보고 싶었다.

"저기, 경부 나리 아니십니까?"

그 순간, 당시 사건의 목격자였던 동냥하던 사내가 나를 알아보며 다가왔다. 그리고 나는 무언가를 확인하고 싶어 견딜 수 없었다. 곧장 호주머니를 뒤져 잡히는 것 모두를 꺼내 들었다. 그러고는 지폐 한 장을 그의 앞으로 내밀었다. 갑작스러운 큰돈 앞에서 그는 머뭇거렸

다. 잠깐 나의 의도를 살핀 뒤에 돈을 받아 드는 그의 표
정을 나는 유심히 살폈다.

"말해보게, 지금 기분이 어떤가?"

"동냥질하면서 이런 큰돈을 받아보기는 처음입니다."

그는 표정을 숨기지 못한 채 웃음 띤 얼굴로 내 앞에
서 연신 고개를 숙여댔다.

"아니, 아니. 그것 말고. 자네의 기분 말일세. 그걸 말
해주게."

"감사하고 말고요."

"아니, 그게 아닐세."

나도 모르게 튀어나온 날선 목소리에 그는 몹시 당황
해했다. 그러는 순간에도 지폐를 쥔 손은 더욱 움켜쥐
었다. 혹시라도 도로 내가 무를지도 모를 상황을 걱정
하는 듯 보였다. 그리고 나는 그런 표정마저도 놓치지
않고 살폈다. 억울한 듯 초조한 듯 복잡하게 일그러진
그 얼굴 어디에도 나는 부끄러움 같은 건 전혀 찾아볼
수 없었다.

마지막 페이지

강영숙

수영은 프로젝트 신청서를 쓰느라 일주일 내내 야근을 했다. 신입 직원을 뽑아도 외주 인력을 붙여도 늘 중요한 일들은 수영의 몫이었다. 능력이 있어서도 아니었고 전문성이 있어서도 아니었다. 그것은 어쩌면 수영이 일하는 방식 때문이었다. 프로젝트가 선정되어 3000만 원의 환경 관련 재단의 기금을 받게 되면 1년에 20개 이상의 회의를 치르고 보고서를 쓰고 영수증 처리를 해야 했다. 남의 돈을 받아 쓰면 어떤 식으로든 반드시 그 대가를 치러야 했다. 그래도 단체로서는 숨통이 조금 트이는 일이었다. 작년과 달리 어깨 근육이 거의 안 돌아갈 지경으로 뻣뻣해지고 시력은 점점 나빠졌지만 좀처럼 일은 줄어들지 않았다.

신청서 작성이 대략 끝났다. 수영은 30장 정도 되는 신청서를 프린트해 꼼꼼히 체크했다. 이제 대표와 프로젝트팀 팀장에게 이메일로 보내고 확인을 받으면 끝이었다. 책상 정리를 하고 개수대에 쌓인 컵을 닦고 퇴근 준비를 한 뒤 다시 모니터를 들여다봤다. 모니터 창에 새 이메일 표시가 떴다. 대표가 보낸 메일이 먼저 도착했다. 날짜가 2038년이라고 표시된 것 말고는 다른 잘못된 것은 없는 것 같다고 적혀 있었다. 프로젝트 기획안이 참신해서, 선정되기만 하면 참 좋겠다는 칭찬도 함께 적혀 있었다. 차 부장이 우리 단체를 먹여 살린다는 말도 빼지 않았다. 그러나 2038년이라니, 20년 후의 시간이 턱밑으로 당겨진 것 같아 수영은 몹시 부담스러운 기분이 되었다.

수영의 집은 사직로의 한옥 보존지구인 누하동에 있다. 수영은 직장도 집도 모두 이 동네에 있어 일을 더 많이 했다. 집이 가깝다는 이유로 주말 근무도 자주 했고, 사무실 빨래며 죽어가는 화분까지 모두 다 수영의 집으로 옮겨졌다. 이사 왔을 때 고요했던 것과 달리, 오래된 한옥들이 틈도 없이 늘어선 골목을 비집고 커피숍이나 선물 가게가 들어오는 게 신기했다. 동네는 몇 년 전부터 개발이 시작되어 작고 낡은 한옥들이 붉은색 진흙을 떼어내고 뼈대를 드러냈다. 모던하고 깨끗한 공간으로 거듭나는 데는 그리 오랜 시간이 걸리지 않았다. 평생 큰돈 만져볼 일이 없을 줄 알았던 한옥 주인들은 신이 났지만 수영은 집세가 오를까 늘 조마조마했다. 그래도 뭔가 개발된다는 건 정체되는 것보다는 나쁘지 않았다. 프로젝트 신청이 끝나면 동네에 새로 들어선 카페에 가 책도 읽고 조용한 시간을 보내고 싶었다.

사직로에 피었던 벚꽃은 흔적도 없이 사라졌다. 마트에 들러 장을 보기에는 시간이 늦어 편의점으로 들어갔다. 중국인 관광객들이 늘면서 마트 직원도, 편의점 직원도 중국인 유학생을 채용하는 일이 많아졌다. 수영은 노란색 바구니에 만 원에 네 개짜리 수입 맥주를 담고 크래커를 하나 담았다. 컵라면도 살까 고민했지만 급격히 불어난 체중 걱정에 담지 않았다. 편의점 직원이 계산을 하다 말고 무슨 말인가를 했다. 가만히 들어보니 원 플러스 원이라는 뜻이었다. 수영은 다시 진열대 뒤로 돌아가 맛살 하나를 더 집어 들었다. 그리고 될 대로 되라는 듯 컵라면도 하나 넣었다. 편의점 앞 파라솔에

중국인 관광객들이 앉아 있었다. 여봐, 나 담배 하나만 줘요. 노숙자들이 시멘트 바닥에 다리를 뻗고 앉아 행인들에게 말을 걸었다. 수영은 잘못하면 그들의 발끝에 걸려 넘어질 뻔했다.

집 앞 골목 초입에 생긴 액세서리 가게를 지나 의류 수거함과 쓰레기 분리 수거함 앞까지 걸어갔다. 거기서 우회전을 해 다시 빌라를 지났다. 수영의 집 바로 앞은 게스트 하우스였다. 높은 나무 대문 문턱 위로 여행용 트렁크를 들어 올리는 외국인 관광객들과 가끔 맞닥뜨렸다. 그런데 오늘은 골목이 조용했다. 막다른 골목에 다다른 순간 수영은 자기도 모르게 순간적으로 몸을 돌렸다. 뭔가 잃어버린 사람처럼 빠르게 골목을 벗어나려고 했지만 역부족이었다. 수영은 뒤를 돌아보았고 거기에 미란이 서 있었다. 막상 얼굴을 보자 너무 오랜만이어서 입꼬리가 저절로 올라가며 웃음이 났다.

미란은 창을 열고 인왕산 쪽을 내다봤다. 수영은 마트에서 사 온 것들을 좌식 테이블 위에 올렸다. 미란은 두 다리를 화장대 의자 위에 올리고 바닥에 누우며 말했다. 전보다 지붕이 더 내려앉은 거 같네. 수영은 정말

지붕이 내려앉았을까 봐 천장을 올려다봤다. 미란은 자리에서 벌떡 일어나 방 하나와 그 안쪽에 연결된 안쪽 방, 부엌과 거실을 휙휙 소리를 내며 단번에 훑어보았다. 응 모두 다 그대로, 다 똑같네. 미란은 안도하듯 웃었다.

　2년 전에도 수영은 이 집에 살았고 그때도 프로젝트 신청서를 쓰고 있었다. 그때 미란은 거의 자기 집처럼 이 집에 와 머물다 가곤 했다. 미란은 자기가 좋아하는 향신료도 사다 놓고 가구 위치까지 마음대로 바꿨다. 그런 건 어쩌면 아무 일도 아니었다. 남자 친구를 데려와 방 안을 소용돌이가 지나간 듯 어지럽게 만들어놓은 일도 있었다. 지금은 별로 화가 나지 않는데 그때는 화가 많이 나서 다시는 오지 말라고, 나가달라고 소리쳤다. 2년 전 그 밤 이후가 바로 오늘이었다. 이 동네가 전부 다 젠트리피케이션 때문에 난리야 지금. 수영은 칭다오 맥주 캔을 소리 나게 딴 뒤 한 모금 마셨다. 그게 뭔데? 미란은 대학도 다녔다는데 왠지 늘 세상 돌아가는 데 둔감했다. 하지만 수영은 그런 거로 미란을 나무라지는 않았다. 그런 걸 모른다고 살아가는 데 지장이 있다고 믿지도 않았다. 아니, 여기 이 동네가 개발되면서 모두 집값이 올라서 정작 세탁소나 작은 수선 가게 같은 것들은 다 쫓겨나고 카페나 음식점이 매일매일 하나씩 생겨. 수영은 말하면서 냉장고 문에 붙은 치킨집 광고지를 찾아 주문 전화를 했다. 여기서 인왕산이 다 보이면 좋을 텐데, 그치? 미란이 아쉽다는 듯 말했다.

잠시 후 깜깜한 대기를 흔드는 오토바이 소리가 들리고 치킨 배달부가 도착했다. 미란은 느릿느릿 일어나 앉아 은박지를 연 뒤 빠르게 치킨을 먹기 시작했다. 수영은 또 이번엔 얼마나 오래 있다 가려나 약간 걱정스러워져 미란의 옆얼굴을 쳐다봤다. 너 치킨 안 먹니? 미란은 또 아무 생각이 없는 얼굴이었다.

좋았던 적이 거의 없지만 2년 전 수영의 상황은 그리 좋지 않았다. 말다툼 후 미란이 사라지고, 수영은 아는 사람을 총동원해 미란의 행방을 수소문했다. 미란에 대해 아는 것이라고는 주민번호 앞자리 여섯 자리와 휴대전화 번호가 다였다. 집 전화번호나 부모님 전화번호는 알 리가 없었다. 수영은 미란의 부모님의 장례식에도 다녀왔지만 돌아가신 분이 어머니였는지 아버지였는지도 가끔 헷갈렸고, 조카들이나 오빠, 언니 얘기를 할 때도 누구였는지 늘 까먹곤 했다. 차라리 둘 중 하나가 결혼을 해버리면 편할 것 같은데 미란도 수영도 결혼과는 거리가 멀었다. 수영이 대학을 졸업하고 작은 시민운동 단체에 입사해 마흔이 될 때까지 죽어라 일을 해온 것에 비하면 미란은 늘 무직이나 다름없었다. 본인은 직장도 다녔고 뭔가 일을 하고 있다고 늘 주장했지만 수영이 보기엔 다 그렇고 그랬다.

미란은 테이블 위에 종이도 깔지 않고 닭 뼈를 버렸다. 또 화장실에 들어가 소변을 보면서 문을 열어두기까지 했다. 게다가 얼마 전에 겨우 시간을 내 말끔하게 세탁한 이불 위에 닭 부스러기가 묻은 입술을 문질러 닦고 있었다. 그래도 수영은 이번만은 절대로 미란과 다투지 않겠다고 자꾸만 마음을 다졌다.

프로젝트팀 팀장이 전화를 했다. 업무 시간 외에 전화를 하는 건 뭔가 문제가 있을 때였고 수영은 그것이 프로젝트 신청서 때문이 아니기만 바랐다. 역시나 숫자 계산이 또 틀렸다. 수영은 티브이를 보고 있는 미란을 두고 나와 노트북을 켰다. 접수 마감 시간이 월요일 오후 5시인 게 다행이었다. 사실 중요한 숫자도 아니었다. 프로젝트의 기대 효과, 프로그램 1회당 동원되는 인원 등을 숫자로 계산한 산술적인 것들이었다. 프로젝트에 선정이 되지 않으면 단체 활동이 위축될 게 틀림없었다. 최근엔 세 명의 상근 활동가와 두 명의 보조 인력의 급여도 맞추기가 어려웠다. 우리도 여성 쪽을 할 걸 그랬어, 환경 이슈는 주목을 못 받으니까. 대표가 그런 말을 할 때 수영은 왠지 자신에게 무능하다고 하는 것 같아 마음이 편치 않았다.

앞집이 게스트 하우스로 개조되고 나서는 좁은 한옥 골목이 좀더 환해졌다. 외국인들이 게스트 하우스를 들고 나는 소리가 들렸다. 미란은 티브이 쪽으로 고개를 향하고 뉴스를 보고 있는 듯했다. 수영은 가능하면 미란이 저런 뉴스들을 보지 않기를 바랐다. 등촌동의 한 빌라에 사는 여자가 성폭행을 피하려다가 이웃집 남자에게 살해당했다는 뉴스였다. 수영은 테이블 위에 올려둔 리모컨을 들어 채널을 돌리며, 침을 흘리며 자고 있는 미란의 옆얼굴을 보았다. 모로 누운 미란에게 담요를 덮어주고 다시 테이블 앞으로 가 앉았다. 갈색 기름이 묻은 닭 포장지를 반으로 접어 비닐봉지에 넣었는데도 기름 냄새가 공중에 떠다녔다.

수영은 20대 내내 악몽에서 벗어난 적이 없었다. 고3

때 네 명이 함께 떠났던 기차 여행은 수영의 머릿속에서 끊임없이 떠오르곤 했다. 그래서 어쩌면 뇌 활동이 멈추는, 잠들어 있는 시간이 가장 좋았다. 미란을 제외하고 나머지 두 명은 연락이 끊겨 소식을 모르는 지 오래였고 사실 얼굴도 잘 생각나지 않았다.

그래도 그 일을 떠올리면 강한 바람이 부는 어두운 하늘에서 네 명이 어깨를 맞잡고 패러글라이딩을 하는 기분이었다. 미란도 수영도 입 밖에 내어 확인한 적은 결코 없던 그날의 일이 미란의 인생을 망쳤다고 수영은 믿었다. 그렇게 믿지 않는다면 미란이 집에 와 몇 날 며칠을 살고, 돈을 가져가고 옷을 가져가는 걸 참아낼 이유는 없었다. 그때 그 여행을 갔다 온 후로 수영은 태어나서 처음으로 부모에게 맞았다. 여자애들끼리 여행을 갔다는 것 자체가 문제였고 외박을 한 게 더 문제였다. 네 명의 애들이 각자의 부모들에게 말한 숙박 장소는 다른 부모들에게도 전달되었다. 애들이 말한 네 곳이, 이름이며 시간이 다 달랐다. 기차를 타고 유원지에 도착한 시간 이후로는 모든 것에 관한 정보가 다 달랐다. 여자애들은 죽도록 맞아도 그곳에서 무슨 일이 있었는지 모두 다 입을 다물고 절대로 발설하지 않았다. 다들 말을 맞출 수 있는 상태가 아니었는지도 몰랐다. 한 학기가 지나고 졸업을 했지만 졸업식장에서조차 서로 마주치지 않으려고 애썼다. 모두 각자 대학으로 가면서 흩어졌기 때문에 굳이 서로의 소식을 알려고 하지도 않았다. 수영은 지방대학에 다니고 있던 1학년 2학기 어느 날, 매점 앞에서 차수영을 찾으며 서성거리는 미란을 보았다. 그리고 그때부터였다. 그때는 동기와 함께 사는 청주의 하숙방이었다. 그날 미란은 뭔가 말하려고 했지만 수영이 입을 막아버렸다. 너 애들과 한 약속 잊었어? 그 일을 말하면 우린 다 끝장이야. 사실 수영은 그때 애들과 무슨 약속을 했는지조차도 잊어버렸다.

수영이 취직을 하고 독립한 후로 미란은 더 자주 왔다. 정말 아무 때나 수영의 집에 왔다. 수영이 사다 놓은 음식을 꺼내 먹고, 수영의 옷을 입고, 수영의 일기장이며 물건을 마구 뒤지고, 수영의 돈을 가지고 외출했다. 유원지에서 있었던 그 일이 미란을 불행하게 만들었고, 검은 딱지를 만들어 애를 아예 주저앉아버리게 만들었다고 수영은 믿었다. 미란이 연락을 끊고 사라지면 사라졌기 때문에, 나타나면 나타났기 때문에 그녀의 불행을 함께 져야 한다는 이상한 책임감이 수영에게는 있었다. 하지만 그 책임감은 미란을 위한 것이 아니라 수영 자신을 위한 것이었다. 수영은 그 일 때문에 더 조심조심 살았고 성실하게 일했는지도 몰랐다. 나는 아니라는 듯, 그날 나는 나쁜 일을 당한 적이 없다는 듯 성실하게 살았다. 나쁜 일을 당한 건 미란이고, 저렇게 열심히 살지 않는 것이 그런 나쁜 일을 당했다는 증거가 아니겠느냐는 듯이 속으로 혼자 외치면서, 나는 착하고 좋은 사람이기 때문에 나쁜 일을 당한 친구를 보호해야 한다면서 성실하게 열심히 살았다.

일요일 아침이었다. 다른 때 같으면 사무실에 가 빨랫감을 가져오고 냉장고 청소를 했겠지만 오늘은 그런 일은 하고 싶지 않았다. 수영은 미란을 데리고 옥이네 밥집으로 갔다. 무조림과 연근, 김치와 마늘종이 앞에 놓였다. 수영은 된장찌개를 미란은 순두부찌개를 먹었다. 주인아줌마가 삶은 감자 두 알을 테이블로 갖다주었다. 이른 오전 시간인데도 동네 투어객들이 식당 앞 골목을 서성였다. 이 동네는 안 변할 줄 알았는데, 여기도 변했네. 미란이 말했다. 미란의 손등엔 주근깨 같은 검은 점들이 늘어 있었고 인중에도 주름이 잡혀가는 게 보였다. 그럼에도 미란의 큰 갈색 눈동자는 뭔가 순수함을 담고 있는 듯했다. 안에 입고 있는 셔츠는 새것 같았지만 재킷은 2년 전에도 입었던 그 옷이었다. 수영은 아랫입술 안쪽의 오돌토돌한 부분을 이로 물었다. 어떤 사람의 인생은 늘 제자리였다. 나 취직했어. 미란이 웃는 얼굴로 말했다. 초등학교 애들 배식 담당인데, 수입이 괜찮아. 월요일부터 금요일까지. 내가 한턱 쏠게. 대답을 하는 대신 수영은 미란을 향해 한 손을 들어 가까이 오라고 한 뒤 입술에 묻은 김을 떼주었다. 미란의 물컵이 비었다. 수영은 물을 따라주며 뭔가 말하려다 말았다. 우엉차인지 감잎차인지 차 맛이 몹시 비렸다.

수영과 미란은 팔짱을 끼고 누하동을 지나 통인동 쪽으로 걸었다. 늘 둔탁한 소리를 내던 목재소도 리모델링 중이었고 규모가 큰 타이 음식점도 들어서 있었다. 큰길로 나가기 전, 수영은 미란을 모던한 한 건물 안으로 데리고 들어갔다. 나 있잖아, 전부터 여기 한번 와보고 싶었어. 여기 와서 책 읽고 싶었어. 오늘 웬일로 사람이 없네. 수영은 전시 공간 안쪽을 들여다보며 말했다. 지나갈 때마다 들어오고 싶었지만 늘 사람들로 붐볐다. 여기 뭐 하는 데니? 미란이 물었다. 기와집의 틀은 그대로인데 안쪽은 전시 공간, 바깥쪽에는 긴 티 테이블이 놓여 있었다. 수영은 해가 드는 쪽을 보며 앉아 있었고 미란은 전시 공간 안으로 들어갔다 나와 앉아 턱을 받쳤다. 그 사람이네, 우리 고등학교 때 배운, 그 기둥서방 얘기 쓴 사람, 그 시인 집이었대 여기가.

시끄러웠다 조용해지길 반복하는 테이블에서 차를 마시며 벽에 진열된 책을 꺼내 읽었다. 문이 열리면서 중국어가 들리고 화장품 냄새가 밀려들어 왔다. 한순간 수영은 히죽 웃었다. 그리고 미란의 손을 이끌고 좁고 어두운 복도를 올라갔다. 복도 끝에서 테라스로 나가는 문을 밀어 열었다. 테라스를 중심으로 한껏 모인 햇볕 속으로 미란이 먼저 몸을 내밀었다. 시인의 집 마당이 내려다보이고 반대편 쪽으로는 인왕산이 보였다. 미란은 두 팔을 벌린 채 턱을 들고 산을 향해 몸을 앞으로 뻗쳤다. 수영도 산을 올려다봤다.

미란은 돌아갔다. 일요일 오후에는 숫자 계산이 틀렸다거나 연도가 틀렸다거나 하는 전화는 더 이상 오지 않았다. 멍하니 앉아 있던 수영은 핸드백 안에서 찢어 온 종이를 꺼내 냉장고 문에 붙였다. 시인의 집 벽면에 붙은 책꽂이에서 꺼내 읽은 「날개」의 마지막 페이지였다.

1교시 국어 영역

최제훈

33. 윗글에 대한 설명으로 적절하지 않은 것은?

상자 안에 든 지문은 이상의 「날개」. 재재작년에 출
제됐기 때문에 절대 안 나올 줄 알았는데. 총정리하면
서 건너뛴 부분들만 콕콕 찍어 나오는구나. 늘 이런 식
이라니까. 재수가 없어. 그러니 재수나 하고 있지. 아니,
이런 말장난하고 있을 때가 아니다. 1분 1초가 아까운
순간인데. 시간은 계속 흐르고 있어. 째깍째깍째깍. 내
용은 대충 아니까 풀 수 있을 거야. 그런데 내용이 뭐였
더라? 웬 찌질한 남자가 혼자 횡설수설하는 게 전부였
던 것 같은데. 보기를 보면서 생각하자. 일단 '않은'에

동그라미 치고.

① 의식의 흐름 기법을 사용한 심리소설이다.

혼자 횡설수설, 이건 맞네. 그래, 생각난다. 주인공 남자가 유곽에서 일하는 아내한테 빌붙어 살면서 돋보기로 불장난하고 화장품 냄새 맡고 하는 그런 내용이었지. 자기가 박제가 된 천재라고 주장하면서. 천재는커녕 좀 모자란 사람 같던데. 아무튼 그 자신감 하나는 부럽다. 천재까지는 아니더라도 남들보다 뭐 하나 잘하는 게 있어야 하는데. 하다못해 많이 먹기만 해도 스타가 될 수 있잖아. 먹방 유튜버들 수입이 그 정도일 줄은 몰랐어. 먹고 싶은 것 실컷 먹으면서 돈도 벌고, 정말 부럽다. 난 잘하는 것도 없고, 하고 싶은 것도 없고…… 그래도 잘 생각해보면 뭔가 하나쯤 있지 않을까? 음, 그렇지. 사람 얼굴 알아보기. 영화나 드라마에 단역으로 잠깐 나온 배우가 이전에 어느 작품에 나왔는지 떠올리는 건 자신 있어. 나래도 내 눈썰미에 감탄을 금치 못했잖아. 예전부터 CF 볼 때 메인 모델은 제쳐두고 배경으로 나오는 이름 없는 모델들만 눈여겨보느라 단련이 된 거겠지. 스치듯이 지나가는 모델들이 열심히 춤추고 소리 지르고 과장된 표정을 짓는 게 너무 재밌더라고. 이 것도 재주라면 재주 아니야? 그런데 아무리 생각해도 써먹을 데가 없네. 다른 게 뭐 없을까? 누워서 공상하는 거 좋아하니까 웹툰 작가는 해보고 싶은데. 그림에 소질이 없으니까 힘들겠지? 아, 모르겠다. 앞으로 찾으면 되지. 다양한 경험을 쌓다 보면 내 길이 보일 거야. Everyone can do something well. 그러자면 우선 대학부터 가야 하는데, 이러고 있을 때가 아니지. 다른 애들이 열심히 펜 놀리는 소리가 들리잖아. ①번은 정답이 아니고, 빨리 다음으로 넘어가자.

② '아내'와 '나'의 관계는 현대 문명과 불화를 겪는 지 식인의 내면세계를 상징한다.

아, 이건 EBS 인강에서 나왔던 내용이야. 기억난다. 유곽 여자가 현대 문명을 상징한다는 대목이 좀 웃겼지. 불화는 무슨, 그냥 능력이 없으니까 눈칫밥 먹으며 찌그러져 지내는 거지. 나중에는 아내가 편하게 손님 받으려고 수면제 먹여서 재우고 그러지 않나? 그 아내라는 여자도 이해가 안 가. 그렇게까지 하면서 왜 그 남자랑 사는 건지. 고객들한테서 받는 스트레스를 풀기 위해 장난감처럼 가지고 놀 수 있는 초식남이 필요한 건가? 호스트바에서 돈을 쓰는 호스티스들처럼. 아니, 어쩌면 정말 사랑해서 붙잡고 있는 건지도 몰라. 사랑하니까 머리맡에 은화를 던져주고. 사랑하니까 해열제라고 속여 수면제를 먹이고. 현대 문명이란 참으로 복잡한 존재로군. 아무튼 '지식인의 내면세계'가 약간 애매하긴 한데 ②번도 맞는 것 같다. 어휴, 총정리할 때 한 번만 봤어도 쉽게 풀 수 있는 문제인데. 재수가 없어. 이러다가 삼수생 되는 거 아냐. 이번에도 떨어지면 나래와는 완전히 끝장이겠지. 지금도 간당간당한데. 여름방학 이후부터 눈치가 영 수상해. 공부하는 데 방해하고 싶지 않다는 핑계로 연락도 뜸하고, 갑자기 파마를 하고 나타나지 않나. 난 분명히 생머리가 좋다고 했는데. 나 몰래 미팅도 몇 번 했겠지? 정말 남자 친구가 생긴 거 아냐? 하긴 내가 이러쿵저러쿵 참견할 처지가 아니지. 한창 자유를 만끽하고 싶을 때인데 돈도 시간도 잘하는 것도 없는 재수생이 눈에 들어오겠어? 올해 내내 만나면 밥도 거의 나래가 샀네. 걔도 아르바이트해서 힘들게 번 돈인데. 혹시 정 떼기 작업 중인가? 아, 그러니까 작년에 대학에 들어갔으면 좋았잖아. 당당하게 함게 영화 보고 술 마시고 클럽 가고, 아마 지금쯤이면 당당하게 섹스도…… 얘 혹시 남자 친구 생겨서 벌써 한 거 아니야? 우린 키스에서 진도가 멈췄는데. 설마, 아닐 거야. 사실이면 어떡하지? 미치겠다. 이번에 합격한다고 해도 조금 있으면 군대 가야 하는데, 나래가 기다려줄까? 재수하는 1년도 이렇게 아슬아슬한데. 왜 수능 점수 따위로 사랑이 위협받아야 하는 거야. 왜 마음대로 사랑도 못 하냐고! 휴, 진정하자. 심호흡을 하고…… 진정. 이런 생각이나 하고 있다니, 나도 참 한심하다. 나래는 여전히 날 사랑하고 있어. 오늘도 시험장 앞에서 기다린다고 했잖아. 지금은 시험에 집중하자. 가만, 혹시 오늘 이별 통보를 하는 거 아냐? 그동안 수능 때문에 미루었다며…… 그만! 그만! 입시만 치르다가 군대 가고 싶어? 어우, 생각만 해도 끔찍하다. 아무튼 ②번도 정답은 아니고, 다음!

③ 식민지 시대를 살아가는 무력한 지식인의 분열상을 그리고 있다.

식민지, 무력, 지식인, 분열. 이건 딱 봐도 맞는 것 같다. 이런 단어가 다 들어가는데 틀린 보기일 수가 없지.

그런데 자꾸 뭔 지식인 타령이야. 세상 편하다. 골방에서 뒹굴며 화장품 냄새만 맡아도 지식인 소릴 듣고. 차라리 지금도 식민지 시대라면 좋겠다. 최소한 핑곗거리는 있잖아. '아아, 시대가 나를 무력하게 만드는 탓에 난 아무것도 안 하고 집에 틀어박혀 지내겠소.' 하긴 요즘 그렇게 지내는 사람들 많네. 지식인 대신 히키코모리나 달관 세대라고 불리지만. 따지고 보면 지금도 식민지 시대나 다름없지. 흙수저로 태어나면 평생 시간과 노력을 수탈당하며 금수저들 배나 불리고 살아야 하잖아. 아버지는 뭐 하셨나, 미리미리 자식들 수저 등급 좀 안 올려놓고. 젊은 시절에 강남에서 살았다면서 근처에 땅만 사놓았어도 지금쯤 떵떵거리며 살 텐데. 아니면 IMF 때 폭락한 주식만 긁어모았어도, 아니면 몇 년 전에 비트코인이라도 사놓았다면…… Born with a silver spoon in my mouth. 국어 시간에 왜 자꾸 영어가 생각나는 거야. 가뜩이나 흙수저는 대학을 나와도 흙길인데. 상호 형도 입학하면서부터 죽어라 학점 관리, 스펙 관리했다는데 취직 안 돼서 맨날 고모한테 잔소리만 듣잖아. 그나마 우리 집안에서 제일 똑똑한 형인데 어쩌다 저렇게 쭈구리가 됐나. 남의 밑에서 수탈당하며 사는 것마저 이렇게 힘이 드니. 나도 일찌감치 공무원 준비나 할까? 아냐, 벌써부터 9급 공무원을 인생의 목표로 삼고 싶지는 않다. 역시 요즘은 유튜버가 개꿀인데. 내가 할 만한 콘텐츠가 없을까? 도대체 누굴 닮아 이렇게 재주가 없는 거야. 식민지 청년의 비애가 가슴을 찌르는구나. 박제가 되어버린 천재를 아시오? 아니, 지금은 박제가 될 시간이 없다. 한 문제당 50초 안에 풀어야 하는데 이 문제 하나 가지고 몇 분을 허비하는 거야? 이러다가는 학점이고 스펙이고 관리할 기회도 안 생기겠어. 빨리 다음으로 넘어가자.

④ 〔B〕에서 날개는 정체성의 회복과 자유에 대한 열망을 의미한다.

이것도 맞는 것 같네. 예전에 수업 시간에 '흩어져라 이목구비'가 짚어준 거잖아. '날개'에는 정체성, 자아, 자유, 이상, 본질, 현실 극복 의지 등등 좋은 건 다 갖다 붙이면 된다고. '흩어져라 이목구비'도 한때 작가 지망생이었다던데, 학생들에게 문학작품을 그런 식으로 가르치고 있으니, 참. 그러니까 항상 우거지상이지. 조류도 아니고 날개가 돋는 게 왜 정체성이고 자아 회복이야? 사람이 땅에서 적응 못 하고 날아가는 게 현실 도피지 어떻게 현실 극복이라는 거야? 날개가 돋아나면 그게 엑스맨이지 사람이야? 돌연변이 괴물 취급을 받으며 학교에서 왕따당할 테고, 연애도 제대로 못 하고, 취직도 못 하고. 음, 생각해보니까 취직에는 오히려 유리한가? 고층 건물 유리창 청소 같은 건 쉽게 할 수 있겠네. 종수가 지난 여름방학에 유리닦이 아르바이트했는데 위험수당이 붙어 돈을 꽤 많이 받았다고 했잖아. 두 달 바짝 하니까 한 학기 등록금이 나오더라고. 자식, 참 열심히 사는 놈이야. 그러니 엄마가 맨날 종수 반만 닮으라고 구박이지. 아무튼 날개가 있으면 여러모로 유리하겠네. 송전탑 수리 같은 건 위험수당도 훨씬 더 많을 테고, 하다못해 퀵 서비스를 해도 오토바이보다 훨씬 빠를 거 아냐. 아, 나도 날개가 돋으면 좋겠다. 취직도 취직이지만 자유롭게 하늘을 날아다니면 얼마나 좋을까. 마음이 답답할 때면 구름 위로 올라가 휴식을 취하고, 아무 때나 해외여행을 갈 수 있고. 그런데 요즘은 미세먼지가 심해서 오래 날아다니지는 못하겠네. 마스크를 쓰고 날아다녀야 하나. 잠깐, 잠깐, 이런 잡생각이나 하고 있을 때가 아니라니까. 1년 동안의 노력이 오늘 결판 나는데 어쩌자고 이러는 거야. ④번까지 다 맞는 설명이니까 정답은 ⑤번이겠지. 확인만 하고 얼른 넘어가자.

⑤ 이 문제는 답이 있다.

응? 뭐지? 이게 무슨 소리야? 시험지가 잘못 인쇄됐나? 하하, 미치겠네. 너무 긴장해서 헛것이 보이는 건가? 미리 우황청심환도 먹고 왔는데. 마음을 가라앉히자. 눈을 감고, 심호흡을 하고…… 여전히 그대로네. 감독관한테 문제가 이상하다고 얘기해야 하나? 다들 아무 말 안 하고 열심히 풀고 있잖아. 지금 이 시간이면 대부분 33번 문제를 봤을 텐데. 괜히 나섰다가 나만 이상한 놈 될지 몰라. 그러면 쪽팔려서 시험을 망칠 테고. ①~④번 보기는 다 맞는 것 같으니까 그냥 ⑤번에 체크하고 넘어갈까? 아니야, 이 한 문제에 시간을 얼마나 투입했는데 틀리면 억울하잖아. 조금만 더 생각해서 차분히 풀어보자. '이 문제는 답이 있다.' 그대로 받아들이면 돼. 만일 ⑤번이 정답이라고 치면, 이게 틀린 설명이니까, 이 문제는 답이 없다는 거고, 그럼 ⑤번도 정답이 될 수 없는 거잖아. 그래, 모순이지. 그럼 ⑤번은 무조건 정답이 아니고, 이게 맞는 설명이니까, 이 문제는 ①~④

번 보기 중에 답이 있다는 거네. 내가 놓친 게 있나? ①번은 맞잖아. 의식의 흐름, 횡설수설. ②번도 분명히 인강에서 본 거야. ③번 식민지, 무력, 지식인, 분열도 틀림없고. ④번 '날개'가 대체 뭘 의미할 수 있겠어. 어떻게 된 거야. 답이 없잖아. 어라, 답이 없으면 ⑤번 설명이 틀린 거니까 ⑤번이 정답이 되는데…… 아니지! 조금 전에 따져봤을 때 그건 모순이었잖아. ⑤번이 정답이면 ⑤번도 답이 될 수 없으니까. 뭐야, 출제 오류인가? 혹시 '이 문제'라는 게 주인공 남자가 처한 문제적 상황을 의미하는 건가? 남자는 분열된 채 현대 문명과 불화를 겪으며 식민지 시대를 무력하게 살아가고 있지만 이 꽉 막힌 상황을 타개할 답이 있다. 답이 없어 보이는데. 날개가 돋아서 훨훨 날아가는 것 외에는. 그러니까 ⑤번이 틀린 설명인가? 아니지, 남자에게 답이 있는지 없는지 어떻게 알아. 문학작품은 읽는 사람에 따라 다르게 느끼는 건데. 아무리 수능이라지만 그런 엉터리 문제가 나올 리 없잖아. 아, 머리가 빙빙 도네. 뭐가 뭔지 모르겠다. 그나마 가장 자신 있는 게 국어 영역인데 이 한 문제 때문에 망하게 생겼어. 1교시부터 망하면 나머지도 다 망하겠지. 그럼 또 대학에 떨어질 테고, 삼수생이 돼서 1년을 또 눈칫밥 먹어가며 독서실에 처박혀 지내야 되고, 나래는 파마머리 휘날리며 다른 남자를 만날 테고, 대학 가봤자 금방 군대에 끌려갈 테고, 가뜩이나 취직하기 어려운데 나이까지 많아지면…… 아, 땀난다, 땀나. 겨드랑이가 가렵네. 왜 이렇게 가렵지. 사흘동안 목욕을 안 해서 그렇구나. 총정리한 게 날아갈까봐. 빨리 끝내고 목욕탕에 가고 싶다. 뜨거운 물에 몸을 푹 담그고…… 정신 차려! 이렇게 풀어지면 안 돼. 지난 1년을 어떻게 보냈는데. 오늘 하루에 내 인생이 걸려 있다고. 자, 정신을 집중해서 다시 시작해보자. 풀자. 풀자. 풀자. 한 문제라도 더 풀자꾸나.

대합실에서

박솔뫼

그런 것은 뭐라고 해야 할까. 눈이 부신, 정말로 눈이 부신 거리를 걸을 때 많은 것이 반복되고 있다고 생각하게 되는 것을. 과거의 나가—과거의 다른 이들이—다른 시간의 모든 이들이 반복되고 있다고 이 어지러운 기분은 나의 것이 아니고 어지러웠던 많은 사람들의 모든 순간들의 반복이라고. 나의 손톱마저 꼭 그 반복처럼 여겨지고야 마는 것이다. 그런 것은 정말 뭐라고 해야 할까. 뭐라고 이름 붙이든 간에 우리는 모든 시간의 사람들은 또 어딘가의 거리를 걷고 있을 것이다. 아주 우스운 것을 여전히 반복하는지 모르는 채로 다시 하고 있을 것이다.

서울이 여전히 경성이라고 생각하는 사람들이 있다. 여전히 우리는 식민 상태에서 벗어나지 못한 것 아닐까요. 저는 그렇게 생각해요 라고 말하는 얼굴을 기억하고 있다. 그 사람들은 무엇을 보며 서울을 걸을까 동시에 서울에서 무엇을 보는 걸까 등 뒤에서 훔쳐보려고 하지만 이제는 헤어져버린 사람들. 신세계 백화점 앞을 지날 때마다 이상한 겹겹의 시간이 흐르는 것 같다고 흐르다 멈추는 것 같다고 생각했다. 저는 서울이 여전히 경성이라고 생각하는 쪽은 아닌데 여기가 생각과는 다르다고는 생각해. 생각과는 다르니 착각을 하지 말고 지나는 사람들을 잘 살펴봅니다.

신세계 백화점을 지나 남대문으로 가야 할까 등 뒤로 백화점을 두고 명동으로 가야 할까. 회현 지하상가를 걸으면 이곳을 지났던 수많은 사람들에 대해 생각하게 된다. 살아 있는 사람들이 있다. 이미 죽은 사람들도 있지만 어딘가에서는 어떤 순간으로 기분으로 그냥 지나치게 될 것이다. 지금 걷는 사람들이 보이고 이전에 걸었던 사람들이 느껴지고 스쳐가는 낡은 냄새들은 누구의 것일까. 사람들 사람들 아무 존재처럼 휙 하고 가버리고 천천히 흐르는 사람들. 어째서? 그런 사람들에게 관심이 있니? 물어보았다.

　그런데 중요한 것은 나에게도 대합실이 필요하다는 것인데 틀릴 리가 없는 커다란 시계를 바라보며 초침을 따라 세고 한없이 시간을 흘려보내고 아무에게 시간을 나눠줄 수 있는 그런 대합실이 필요한데. 한데 당신 정말 60초를 셀 수 있어? 나는 틀릴 리 없는 커다란 시계를 보다 고개를 떨구는 사람을 향해 묻는다. 60초, 그것이 1분인데 1분을 끊임없이 의식하며 60개를 셀 수 있어? 당신은 못 세지. 어지러운 사람들 구실을 못 하는 사람들 어떻게 방으로 돌아갈지 알 수 없는 사람들이 마치 내 옆을 지나가는 것처럼 지하가 끊임없이 이어지는 것처럼 ―지하는 어쩌면 끝없이? 그럴지도 라고 막연히 설렌 기분으로― 착각하며 정신을 차리고 60개를 못 세는 사람들 기다리지 못하는 사람들에게 대답을 했다. 당신은 못 세지 못 세 라고 혀를 차면서 대답을 했다. 그런데 보통 사람도 한 시간을 똑바로 의식하며 1초 2초 60초를 한 번 셌어 60초를 열일곱 번 셌어 이제 마흔세 번 남았어 분명히 의식한 60초를 어떻게 다시 60번 이해할 수 있을까 보통 사람도 그런 것은 잘 못 해. 어디서 제대로 된 사람이 소곤소곤 알려주고 그럴지도 모르겠다고 생각하다가 길을 걷는 사람들을 다시 보고 걷는 사람들을 보는 내가 멀리서 보이다가 보이지 않다가. 지하는 정말로 끝없이 이어질지도 모른다는 기대를 포기할 수가 없었다.

나는 아내만 생각하고 아내만 의식하고 아내만 사랑하는 그 사람을 쫓아다니는 사람처럼 사랑하게 된 것처럼 그 사람을 따라다니며 놀리고 우스워한다. 그런데 60초를 열일곱 번 다시 셀 수 있겠어? 당신은 못 센다고. 회현 지하상가를 걷다가 다시 명동 방향으로 빠져나가며. 오른쪽으로 고개를 돌리면 멀리 오래된 여자대학교가 얼핏 보였다.

— 죄송합니다.

— 괜찮습니다.

나는 커피를 시키고 자리로 향해 가다 옆자리에 앉아 멍하게 눈앞을 보고 있는 사람의 어깨를 일부러 치고 사과를 한다. 사람들은 뿔뿔이 흩어지고 모두들 마치 목적지가 있다는 듯이 갈 곳을 아는 것처럼 걸어가고 있다. 그러나 갈 곳을 모르는 사람들을 종종 나는 알아볼 수 있었다. 같은 길을 일곱 번 반복하는 사람 처음에는 빠르게 그다음에는 천천히 다음에는 간판을 마음

속으로 따라 읽으며 그러고는 나무에 기대어 지나가는 사람들의 숫자를 세어보는 사람들을 알 수 있었다. 그뿐이 아니었다. 목적지가 있듯이 걷는 사람 바빠 보이는 사람 친구에게 손을 흔들며 맞은편으로 다가가는 사람 모든 갈 곳 있어 보이는 사람들 하지만 모퉁이를 돌면 어디야 어디야 속으로 어지러운 사람들. 경성의 미쓰코시 백화점은 본 일이 없고 신세계 백화점은 잘 아는데 신세계 백화점 앞을 지나면 이상하게 눈앞을 흐르는 뭔가를 그게 뭐지 멈추게 되고. 그런데 긴자의 미쓰코시 백화점을 지났을 때…… 동경의 미쓰코시 백화점은 여러 개지만 어느 곳도 당연히 신세계 백화점과 비슷하지는 않았다. 긴자역 A6번 출구에 대합실이라는 카페가 있는데 나는 그곳이 모두의 대합실처럼 여겨졌다. 목적 없는 모든 사람 어지러운 사람 그리고 계속 반복하는 사람과 시간의 대합실. 나는 나란히 앉은 사람에게 지폐를 건넨다. 돈을 받아 나는 돈이 많아. 그 사람은 고개를 끄덕이며 돈을 받아 주머니에 넣고 우리는 나란히 커피를 마시며 마치 갈 곳이 있는 듯이 행동하는 사람들의 숫자를 센다. 너무 많이 쏟아져 번번이 놓치게 되는 많은 사람들을 틀리고 실패하며 다시 센다. 아냐 아냐 숫자를 금세 포기하고 다시 하나 둘 세다가 사람들은 쏟아지고.

— 다시 돈 내놔.

그 사람은 말없이 고개를 떨구다 운다.

— 내놓으라고.

당신은 주머니를 뒤져 지폐를 건네고 나는 받은 돈을 지갑에 넣었다가 다시 여러 장을 꺼내준다.

— 받아. 더 주는 거야. 나는 돈이 많아.

눈물을 다 닦지 못한 당신은 웃으며 돈을 주머니에 넣었다. 우리는 커피를 마시고 커피는 쓰고 맛있고 비가 오는가 본데 어째서 그것을 알 수 있지? 커피는 더 맛있어졌고 사람들은 젖은 얼굴로 빠져나오고 있었다. 미처 챙기지 못한 우산들이 집에서 한가하게 놀고 있을 것이다. 마치 우리들처럼 말이다. 왜인지 멱살을 잡고 흔들고 싶다는 생각이 들었다. 그러고 싶은 마음을 커피를 마시며 참았다. 억누를 필요가 있을까? 멱살은 내일 잡아도 모레 잡아도 되니까 오늘은 오늘만 할 수 있는 것을 해야 하니까 그런 생각으로 커피를 마시며 다른 생각을 하려고 했다. 그리고 다시 또 쏟아지는 사람들을 바라보며……

내일은 내일 할 수 있는 일들이 있다. 내일 할 수 있는 일들에 대해 기쁜 생각이 들었다.

내가 방으로 간다면 말이야. 이불은 대바늘로 바느질한 두꺼운 요 위에 깔려 있고요. 그 역시 대바늘로 바느질한 두꺼운 이불이었습니다. 나는 두꺼운 요 위에 두꺼운 이불을 덮고 몸을 웅크린 당신 옆에 누울 텐데, 누가 사람 같은지 누가 공기 같은지 둘 다 빈껍데기 같아서 이불을 들추면 그 힘에 모두 날아가버리지 않을까? 아무튼 웅크린 당신 옆에 누워서 생각한다. 빗자루 냄새가 나는 이불이다. 나는 박물관을 생각했다. 우리가 약을 먹고 약을 먹고 또 먹고 잠만 자고 또 자다가 그대로 보존되어 우리의 방이 통째로 국립중앙박물관 안에 있다면 말이에요 우리의 이름표는 무엇일지에 관해 생각했다. 신세계 백화점 출토 화석 같은 것은 아니겠지 그런 것은 정말 싫었다. 지금의 모습으로 모든 것을 반복하고 싶었다. 내 옆의 남자는 여전히 마르고 버석하고 살아 있고 냄새나고 우습고 그 상태 그대로 보존되자. 그러나 이미 어느샌가 당신도 아내도 사라진 방에서 나는 이불에 몸을 웅크리고 조금 오래 잠들고 싶다고 잠깐 생각했다. 옆집의 누군가는 뭐라고 말을 하며 셈을 했고 반대편 옆집의 누군가는 도마에 파를 썰었다. 보지도 않고 어떻게 그게 파인지 알 수 있었을까 하지만 정말 파였다. 나는 몸을 웅크리고 두꺼운 이불을 덮고 이웃에서 흘러 들어오는 소리를 구분하고 이해했다. 나는 약을 먹지는 않았지만 이렇게 멍한 기분이고 30시간쯤 잔 기분이고 실제로 그럴지도 모른다고 생각하다가 더 이상 어려운 것 복잡하고 까다로운 것 예를 들어 60초를 집중하여 세는 것에 자신이 없는 기분이 든다는 것은 역시 약을 먹은 것일까. 나는 한 번도 입어본 적 없는 흰색 잠옷을 입고 있는데 잠옷도 이불도 공기도 춥지도 덥지도 않았다. 조금 전에 나는 무척 부자였고 지금 나는 대합실에서 늘 언제나 부자인 채로 살고 있으며 당신은 내가 준 돈으로 또 어디를 돌아다니고 있는 거지 잠시 생각하다가 다시 잠이 왔고 내가 우리가 이대로 보존된다면 이 습기 없는 이불 속에서 그대로 지금과 같은 모습으로 그대로 그렇다면 나에게는 무슨 이름이 달리는 거야? 나는 길 가는 사람 길 가는 사람을 보는 사람 거리를 걷는 사람 거리를 걷는 사람의 숫자를 세는 사람.

대합실 앞으로 여러 날 여러 밤 나는 커피를 마시고 옆자리에는 그 사람이 있기도 했다. 없기도 했고 대합실 안에 나만 홀로 사람들을 세고 60초를 세고 손가락의 주름과 창가의 빗방울을 세기도 했다. 대합실의 주인은 있는 듯이 없는 듯이 필요한 것을 꺼내 주었다. 창앞으로 그 사람이 지나가기도 했다. 나는 겁에 질린 눈을 하고 사람들 속을 빠르게 빠져나가는 익숙한 옆얼굴을 바라보았다. 여전히 비가 오는 날 우산을 챙긴 사람들은 곧 그것을 잃어버릴 것처럼 손에 힘을 뺀 채로 우산을 흔들며 걸어갔다. 이불은 건조하고 빳빳했는데 머리의 위치를 바꾸면 그러니까 발이 있던 자리로 머리를 누이면 건너편에서 나는 화장품 향기가 무거운 공기가 되어 서서히 나의 누운 자리로 흘러들어 왔다. 긴자의 대합실에 앉아 머리 위 어딘가에 걷고 걷다 보면 나올 미쓰코시 긴자점을 생각하다가 걷고 걷다 보면 꽤 많이 걷다 보면 여러 개의 미쓰코시 백화점이 가로등처럼 머리 위를 밝히겠지 생각했다. 우리는 만난 적이 있고 미쓰코시 백화점과 나는, 나와 그 남자는 이웃의 목소리와 이야기는 다시 만나고 있다. 날개가 있다는 것은 아무리 생각해도 그럴싸한 일이었고 나는 날개가 필요 없

는 지하가 지하상가의 쭉 뻗은 길이야말로 끝없이 이어
질 것이라고 생각하는데.

이런 것은 정말 뭐라고 해야 할까. 반복되는 이것을.
우리는 건조한 이불 안에 나란히 누워 이불이 버석거리
는 소리를 숨을 죽인 채 듣고 있고 나란히 앉아 대합실
의 커피를 열일곱 번 함께 마시고 있으며 젖은 머리카
락의 행인들은 웃으며 맞은편을 향해 손을 흔드는데.
　—　내가 줄게.
　—　네.
　—　이걸 받아.
　—　네.
저녁 10시에서 11시 우리는 시간을 기다리느라 지치
고 시간을 끝없이 의식하고 커피를 한 잔 더 마시고 너
는 나의 돈을 받고 그 돈으로 커피를 마시고 그 돈으로
돈을 주는 기분을 느끼고. 머리 위 어딘가에서 어디 멀
리에서 누군가에게 날개가 생겼다고 그건 정말 그럴듯
한 일이었다고 당신은 지폐를 소중히 주머니에 넣었다.
그런데 이런 것을 정말로 뭐라고 해야 할까. 회현 지하
상가가 끝없이 이어질 것 같은 기분으로 걷는 사람. 설

레고 있다. 내가 모르는 채로 끝없을 이런 시간들과 순간들은. 무언가를 기다리고 빗방울을 세는 이런 영원한 시간들은. 이런 반복되는 것을 뭐라고 해야 할까.

해설

「날개」를 읽는 여섯 개의 시선

『정오의 사이렌이 울릴 때—이상「날개」이어쓰기』에 부쳐

조연정(문학평론가)

> 우리들은 서로 오해하고 있느니라. 〔……〕
> 사실은 사실대로 오해는 오해대로
> 그저 끝없이 발을 절뚝거리면서
> 세상을 걸어가면 되는 것이다.
> 그렇지 않을까?
> —이상,「날개」에서

1.

　1936년 잡지『조광』에 처음 발표된 이상의 대표작
「날개」는 당대 한국 모더니즘 문학의 수준을 가늠할 수
있는 작품으로 널리 읽혀왔다. 1930년 조선 총독부 기

관지인 『조선』에 장편 『12월 12일』을 연재하며 작품 활동을 시작한 이상의 문학에 대해서는, 「날개」를 기점으로 당대의 평가가 달라졌다는 시각이 일반적이다. 이태준, 박태원, 김기림, 정지용 등 이상 문학의 비상한 역량을 확인한 동료들이 그의 문학을 적극 지지해온 반면, 독자 대중들은 「오감도」 연작과 같은 난해한 작품들에 강한 거부감을 드러냈었다. 그러나 「날개」는 달랐다. 이전의 작품들에 비해 비교적 가독성이 높았던 「날개」는 종합지인 『조광』에 실렸다는 이유로, 나아가 "리얼리즘의 심화"라는 최재서의 호평에 힘입어, 이상 문학에 대한 관심을 널리 확장시키는 계기를 만들어낸다. '요절한 천재' 이상은 이후 한국 문학사에서 가장 많이 연구된 문인이자 시인들의 시인으로, 나아가 한국에서 고등교육을 받은 사람이라면 누구나 작품 몇 개는 떠올릴 수 있는 이른바 유명 작가로 한국 문학사에 각인되게 된다. 그중 특히 단편 「날개」는 수없이 읽히고 또 읽혀온 작품이다.

「날개」가 이상 문학의 대표작이자 식민지 시기 한국 모더니즘 문학의 수작으로 인정되어온 것은 부정할 수 없는 사실이지만, 시대가 요구하는 문학성의 내포가 고

정적이지 않다는 점을 환기한다면 「날개」역시 새롭게 평가될 가능성은 농후하다. '날개 이어쓰기'라는 이 책의 기획이 시도한 바가 바로 「날개」라는 정전화된 텍스트를 시대에 맞게 새로 '읽을' 가능성을 확인하는 것에 있다고 할 수 있겠다. 주로 식민지 지식인의 불우한 자의식을 그린 소설로, 흥미로운 경구의 삽입을 통해 이상의 모더니즘을 실험한 소설로, 자본주의 화폐경제를 재현한 소설로도 「날개」는 그간 다양하게 읽혀왔다. 이같은 수많은 해석들에 지금-여기의 독자들은 어떤 독해를 추가하며 「날개」를 살아 있는 텍스트로 되살릴 수 있을까. 독자들의 기억 속엔 "웬 찌질한 남자가 혼자 횡설수설하는"(125쪽) 이야기나, "고등학교 때 배운, 그 기둥서방 얘기"(121쪽)쯤으로 어렴풋하게 남아 있을지 모르는 이 텍스트를 다시 꺼내 읽음으로써 우리는 어떤 유의미한 담론을 새롭게 만들어낼 수 있을까. 여섯 편의 흥미로운 단편들과 함께 「날개」를 다시 읽어보자.

2.

「날개」는 '오해'에 관한 소설이다. '장지'로 나뉜 하나의 방을 공유하는 '나'와 '아내'는 서로를 '오해'하는 부부로 등장하고, 아내의 (성)노동에 기생하며 쓸모없는 "연구"와 "발명"(18~19쪽)에만 몰두하는 '나'는 자신에 대한 독자들의 '오해'를 조장하는 편이다. 최재서의 의도와 무관하게 "리얼리즘의 심화"라는 그의 평을 빌려 말하자면, 이상의 「날개」는 모든 인간관계가 '오해'로 이루어져 있다는 것, 그것만이 인간 삶의 유일한 리얼리티라는 것을 보여주는 소설로 이해된다. 모든 인간의 관계가, 어쩌면 가장 내밀하다 할 수 있는 부부 사이도, 혹은 동일한 내면을 공유하는 듯한 소설 속 인물과 독자 사이도, 결국 '오해'로 구축될 수밖에 없다는 점을 날카롭게 묘사하는 소설이 「날개」인 것이다. 「날개」와 동일한 시공간과 인물을 공유하면서 비교적 적극적인 방식의 다시 쓰기를 시도한 이승우의 「사이렌이 울릴 때」, 김태용의 「우리들은 마음대로」 그리고 임현의 「진술에 따르면」은, 이상 소설 속 특정 인물을 다른 관점에서 초점화하거나 흥미로운 가상의 인물을 따로 등장시킴으로써 「날개」에 관한 다른 상상을 촉발하고, 결국 「날개」가 만들어낸 '오해'의 지점들을 극대화시킨다.

이승우의 「사이렌이 울릴 때」는 「날개」의 마지막 장면에 주목한다. 미쓰코시 백화점 옥상에서 정오의 사이렌 소리를 들으며 "날자. 한 번만 더 날자꾸나"(52쪽)를 외치는 「날개」 속 '나'를 대면하는 또 다른 '나'를 등장시킨다. 이승우의 소설 속 일인칭 화자가 묘사하는 '그'는, 즉 "볼썽사나운 외모에도 불구하고 초라하거나 궁상맞아 보이지 않은 것이 이상한"(59쪽) '그'는 이상의 실제 모습과도 오버랩되는 「날개」 속의 '나'다. 백화점 옥상에서 "쌍둥이처럼 꼭 닮"(62쪽)은 '그'를 발견한 '나'는 "두 명의 성격파 배우가 연극을 하고 있다고 생각"(같은 곳)을 하게 된다. 요컨대 이승우가 만들어낸 인물은 「날개」의 '나'를 연기하는 인물, 즉 자신이 연기해야 할 배역을 '거리'를 두고 바라보는 인물처럼 읽히는 것이다. 그런데 「날개」의 '나'를 대면한 이승우 소설 속 '나'가 반복해 말하는 것은 아무것도 '단정'할 수 없다는 사실에 관한 것이다. 연정을 품은 여성을 방금 다른 남자에게 보내고 온 자신이 자살할 마음이 생겨 백화점 옥상에 오른 것인지, 옥상에서 만난 '그'에게도 자살할 마음이 있었던 것인지, '그'에게 '그'의 아내가 준 약이 아스피린인지 아달린인지, '그'는 그것을 무엇으로 알고 받아먹었는지, 갑자기 쓰러진 '그'가 '나'를 바라보며 어떤 신호를 보내려는 것인지, '나'는 이 모든 것들을 어떤 것도 '단정'할 수 없다는 생각 속에서 「날개」 속 경구들을 자신에게 주어진 대사인 양 어색하게 읊조린다. 「사이렌이 울릴 때」에서는 정오의 사이렌 소리만 맹렬할 뿐 그 무엇도 분명한 것이 없다. "나는 나 자신에 대해서도 확신하지 못하는 사람이 되었다"(63쪽)라는 사실만이 확실하다. 이승우의 소설은 「날개」 속 작중인물과 마주하는 혹은 그를 연기하는 특정한 인물을 설정하여 결국 소설을 읽는 독자들의 태도를 재현해보고, 나아가 '단정할 수 없음'이라는 인간 삶의 본질을 사유하도록 한다.

"여보, 박제가 되어버린 천재 따위는 없소"(71쪽)라는 신랄한 문장으로 시작하는 김태용의 「우리들은 마음대로」와, 백화점 옥상에서 "투신한 사내"의 죽음에 관한 미스터리를 풀어나가는 임현의 「진술에 따르면」은 공통적으로 「날개」의 '아내'를 초점화하고 있다는 점에서 흥미롭게 겹쳐지는 작품들이다. 「날개」에서

와 달리 「우리들은 마음대로」에서 자신의 목소리를 얻게 된 그녀('나')는 매우 솔직한 여성으로 등장한다. 그녀에게 남편은 "물어뜯어도 시원찮을 의뭉스러운 쭉정이"(73쪽), "존재를 망실해 무력과 게으름의 극단을 보여주"(75쪽)는 무능한 인간으로 인식되고, 그러한 남편에게 "값싼 측은심"(76쪽)을 느끼는 자신을 그녀는 스스로 어리석은 인간이라 생각한다. "한낮의 외출" 속에서 스스로 시선의 주체가 되어 있는 그녀는 길거리에서 만난 자신의 내객들에 대해 "메슥거림"(81쪽)을 느끼며 길바닥에 마른 침을 모아 뱉기도 한다. "포드 구르마"(72쪽)를 타고 가는 모던 걸을 바라보면서는, 무책임한 부모와 남편을 만나지 않았더라면 "진명여고보를 무사히 졸업한 뒤 오피스 걸"(같은 곳)이 되어 있을지 모르는 다른 '나'를 상상해보기도 한다. '아내'에게 「날개」에서는 들리지 않던 목소리를 되찾아주고 있다는 점만으로도 김태용의 소설은 충분히 흥미롭지만, '티룸'에서 만난 「미몽」의 여주인공 문예봉과 함께 "수박 냉면"(88쪽)을 먹으러 그녀가 평양행 기차에 오르는 영화 같은 마지막 장면은 현재의 독자들에게 일종의 해방감을 주기도 한다. 김태용의 「우리들은 마음대로」는 "박제가 되어버린 천재가 등장하던 영화는 이제 끝났고 새로운 영화가 시작된 것이다"(87쪽)라고, 혹은 "더 이상 나는 여기에 없을 것이다"(91쪽)라고, 결국 "나는, 우리들은 이제 마음대로 할 수 있다"(같은 곳)라고 선언하는 소설로 읽힌다. 자의식 과잉의 무능한 남편을 버리고 자신의 빛남을 알아봐주는 또 다른 빛나는 "언니"(87쪽)와 함께 떠나는 이 소설의 전복적 결말이 다소 도식적으로 느껴질 수도 있지만, 이러한 선언 같은 문장들을 음미한다면, 충분히 마땅한 그리고 즐거운 결말이 아닐 수 없다.

임현의 「진술에 따르면」이 탐구하는 것은 '부끄러움'에 관한 것이다. 백화점 옥상에서 투신한 한 사내의 죽음이 조사되는 과정에서, 투신 장면을 보았다는 목격자가 등장함에도 불구하고, 사내의 아내는 "아무래도 내가…… 그 사람을 죽인 것 같다"(99쪽)라고 자신의 죄를 자백한다. 그리고 그녀는 자신이 겪은 에피소드 하나를 소개한다. 몇 해 전 어느 날 사람들이 자주 오가는 길목의 화단 안쪽에서 하얀 모피로 장식된 작은 손가방을 보게 된 그녀는 주인 없이 버려진 그 가방이 탐이 나, 보는 눈이 없는 새벽 시간을 틈타 화단에 다시 가보지만 낮에 보았던 것이 가방이 아닌 죽은 개였다는 사실을 확인하게 되고 극심한 부끄러움을 느낀다. 죽은 개가 왜 자신에게는 손가방으로 보였는지, 그것을 누군가에게 뺏길까 봐 왜 그토록 전전긍긍했는지 수치심이 들었던 그녀는 일부러 아끼던 분첩 하나를 화단에 미끼처럼 던져두고는, 민망한 기색으로 그 분첩을 집어 사라지던 한 여성을 바라보며 "부끄러움도 감면받은 기분"(103쪽)을 느끼게 되었다고 고백한다. 이러한 에피소드를 털어놓던 그녀는 자신이 남편에게 돈을 주었던 행위도, 남편이 그 돈을 자신에게 다시 돌려주었던 행위도 모두 '부끄러움'을 나누고 감면받기 위한 것이 아니었겠는가 하고 해명해본다. 「진술에 따르면」은 '부끄러움'이라는 감정 교환과 관련하여 「날개」의 화폐경제가 의미하는 바를 날카롭게 분석해보는 소설로서 흥미롭다. 부끄러움이라는 감정이 교환을 통해 해소될 수 있는지, 부끄러움은 과연 인간의 근원적인 감정인지, 그 "미망인"의 부끄러움의 기원이 무엇인지, 내객을 받으며 돈을 버는 그녀가 부끄러움을 느끼도록 설정한 것은 정당한지 등을 질문했을 때, 임현의 소설은 현재적 관점에서 더 많은 토의를 가능케 하는 작품이 된다.

3.

앞선 세 편의 소설이 「날개」의 한 장면을, 혹은 다른 인물들을 극대화함으로써 정전 자체에 대한 적극적인 '다시 읽기'를 부추기고 있다면, 강영숙의 「마지막 페이지」, 최제훈의 「1교시 국어 영역」, 박솔뫼의 「대합실에서」는 이상의 「날개」를 후경으로 설정하면서 '다시 쓰기'의 행위에 더 몰두한다.

강영숙의 「마지막 페이지」에는 어떤 불행한 사건을 비밀로 간직하고 있는 두 친구의 관계가 그려진다. 고3 때 친구 세 명과 "여자애들끼리"(117쪽) 함께 갔던 여행에서 있었던 "그 일"(118쪽)은 악몽이 되어 20대 내내 '수영'을 괴롭혔고, 그녀는 "그날 나는 나쁜 일을 당한 적이 없다는"(119쪽) 것을 증명이라도 하듯 한 치의 오류 없이 정돈된 삶을 살아왔다. 그런 '수영'에게, 변변한 직업을 가져본 적 없이 '제대로' 살고 있지 못한 '미란'은, 비밀을 나눈 친구이자, 자신의 삶을 좀더 성실하게 만들도록 반면교사가 되는 대상이자, 보호해야 할 "나쁜 일을 당한 친구"(같은 곳)이기도 하다. '수영' 삶의 "막다른 골목"엔 항상 "미란이 서 있었"(112쪽)던 것이다. 그렇다면 이 관계 안에서 언제나 어느 정도는 제멋대로인 '미란'은 '수영'을 위태롭게 하는 그녀 삶의 불청객일까, 아니면 오히려 '수영'을 긴장시키는 그녀 삶의 조력자일까. 하나의 방을 비밀처럼 공유하고 있는 '나'와 '아내' 사이의 감정 교환과 상호 간의 오해를 그리고 있는 「날개」의 구조는 강영숙의 소설에서도 어느 정도 그대로 반복되고 있다고 말할 수 있다. 이들 소설이 그리는 이러한 교환의 양상은 인간관계의 보편적 구조이기도 하다.

최제훈의 「1교시 국어 영역」은 그 의도가 비교적 분명한 풍자소설에 가깝다. 대입 시험을 치르고 있는 재수생의 머릿속을 스쳐가는 생각들을 두서없이 나열하며 이 소설이 지적하려는 것은, 정답이 정해져 있는 획일적 문학 교육의 문제점이다. 「날개」에 대한 설명 중 맞지 '않는' 것을 고르라는 문항에서 '나'는 "① 의식의 흐름 기법을 사용한 심리소설이다." "② '아내'와 '나'의 관계는 현대 문명과 불화를 겪는 지식인의 내면세계를 상징한다." "③ 식민지 시대를 살아가는 무력한 지식인의 분열상을 그리고 있다." "④ 〔B〕에서 날개는 정체성의 회복과 자유에 대한 열망을 의미한다"라는 네 개의 선택지를 별다른 의심 없이 지워 나가지만, "⑤ 이 문제는 답이 있다"라는 마지막 선택지에 이르러 혼란에 빠지게 된다. ①에서 ④까지가 「날개」에 대한 '맞는' 설명이어서 답이 될 수 없다면 ⑤번이 정답이어야 하는데, ⑤번이 정답이라면 "이 문제에는 답이 있다"라는 설명이 틀린 것이 되므로 결국 문제의 답은 없어야 한다는 모순에 빠지게 되는 것이다. 이러한 흥미로운 상황을 펼쳐 보임으로써 이 소설은 수험생의 상념을 통해 지금-여기 한국 청년들의 불우한 현실을 드러내는 한편, 우리가 「날개」를 읽으며 확인할 수 있다고 배운 '현대 문명과의 불화'나 '지식인의 내면세계,' 혹은 '무력한 지식인의 분열상'이라는 테마가 얼마나 공허한 이야기일 수 있는지를 유머러스하게 확인한다.

박솔뫼의 「대합실에서」에는 이상의 행로를 따라 서울 시내의 거리를, 그리고 동경의 거리를 하릴없이 걷고 있는 인물들이 등장한다. 그들은 "목적 없는 모든 사람 어지러운 사람 그리고 계속 반복하는 사람"(143쪽)들처럼, 계속 실패하는 숫자 세기를 반복하면서, 서로 돈을 주고받는 무용한 행위를 반복하면서, 걷다가 멈추고 커피를 마시고 무언가를 기다리고 또 걷는다. 박솔뫼의 「대합실에서」는 '무용한 시간'을 재현하는 소설처럼 읽힌다. 그리고 그 무용한 시간들은 이야기를 읽고 쓰는 시간들을 자연스럽게 환기한다.

> 그런데 이런 것을 정말로 뭐라고 해야 할까. 회현 지하상가가 끝없이 이어질 것 같은 기분으로 걷는 사람. 설레고 있다. 내가 모르는 채로 끝없을 이런 시간들과 순간들은. 무언가를 기다리고 빗방울을 세는 이런 영원한 시간들은. 이런 반복되는 것을 뭐라고 해야 할까. (148~49쪽)

그런 것을 정말로 뭐라고 해야 할까. 끝없이 이어질 것 같은 산책, 설레는 기분, 무언가를 기다리는 시간, 내가 모르는 어떤 시간, 그리고 그 시간들의 영원한 반복. 우리가 읽는 모든 이야기들에 그러한 시간들이 잠복해 있는 것이 아닐까. 그리고 그 이야기들을 읽고 쓰는 시간들은 우리가 영원히 모를 어떤 시간들을 반복해 다시 사는 경험들이 아닐까. 그런 점에서 「날개」 읽기로 시작된 이 여섯 편의 단편들은, 우리의 「날개」 읽기가 아직 시작되지도 않았다고 말하는 듯하다. 그러면서 우리를

「날개」라는 어떤 미지의 시간 속으로 걸어 들어가도록
하고 있다.

이상 연보

1910년(1세)   9월 23일(음력 8월 20일) 아버지 김연창과 어머니 박세
창 사이의 장남으로 태어남.

1912년(3세)   백부 김연필의 집에 양자로 감. 이곳에서 24세까지 생
활.

1917년(8세)   신명학교(4년제)에 입학. 그림 그리기를 좋아함.

1921년(12세)   동광학교(중학교 과정)에 입학.

1924년(15세)   동광학교가 보성고보에 합병되면서 보성고보 4학년에
편입됨. 재학 시 교내 미술전람회에 유화「풍경」을 출
품하여 입선.

1926년(17세)   경성고등공업학교 건축과에 입학.

1929년(20세)   조선총독부 내무국 건축과 기수 및 조선총독부 관방회
계과 영선계 기수로 근무.『조선과 건축』표지 현상 도
안에 당선.

1930년(21세)   장편『12월 12일』을『조선』에 연재.

1931년(22세)   일문시「이상한 가역반응」「조감도」등을『조선과 건
축』에 발표.

1932년(23세) 「지도의 암실」을 발표. 5월 7일 백부가 뇌내출혈로 사망.

1933년(24세) 『가톨릭청년』지에 「꽃나무」「이런 시」 등 한글 시를 발표. 각혈로 한때 배천온천에 요양하였으며, 이때 금홍을 만나 상경하여 다방 '제비'를 개업.

1934년(25세) 구인회에 가입. 『조선중앙일보』에 「오감도」를 발표하였으나 독자의 항의로 연재가 중단됨. 박태원의 소설 「소설가 구보 씨의 일일」에 삽화를 그림.

1935년(26세) '제비'의 파산, 연이어 카페 '쓰루' '69' '무기' 등의 실패로 경제적 어려움이 가중됨. 한 달여 동안 성천 등지를 기행.

1936년(27세) 구인회 동인지 『시와 소설』 창간호를 편집하여 발간. 소설 「날개」를 발표하여 일약 문단의 총아로 떠오름. 이때 시, 소설, 수필 등 다양한 작품 활동을 함. 변동림과 결혼하였으며, 10월 중순경에 동경행.

1937년(28세) 2월에 '불령선인'으로 니시간다(西神田) 경찰서에 체

포되어 수감되었다가 건강 악화로 보석되었으나 4월 17일 동경제대 부속병원에서 생을 마감. 그의 아내 변동림이 유골을 가지고 5월 4일 귀국하였으며, 같은 해 3월 29일 사망한 김유정과 함께 5월 15일 부민관 소집회실에서 합동 추도식이 거행되었고, 6월 10일 미아리 공동묘지에 안장됨.

지은이 소개

이승우

1981년 『한국문학』 신인상에 「에리직톤의 초상」이 당선되어 등단했다. 소설집 『모르는 사람들』 『신중한 사람』 『사람들은 자기 집에 무엇이 있는지도 모른다』 등, 장편소설 『사랑의 생애』 『지상의 노래』 『식물들의 사생활』 『생의 이면』 등이 있다. 『생의 이면』을 비롯한 몇 권의 책이 프랑스, 독일, 일본 등에 번역 출판되었다. 현재 조선대학교 문예창작과 교수로 있다.

강영숙

1998년 『서울신문』 신춘문예에 단편소설 「8월의 식사」가 당선되어 등단했다. 소설집 『흔들리다』 『날마다 축제』 『아령 하는 밤』 『빨강 속의 검정에 대하여』 『회색문헌』, 장편소설 『리나』 『라이팅 클럽』 『슬프고 유쾌한 텔레토비 소녀』가 있다. 한국일보문학상, 백신애문학상, 김유정문학상, 이효석문학상을 수상했다.

김태용

2005년『세계의문학』으로 등단했다. 소설집『풀밭 위의 돼지』『포주 이야기』『음악 이전의 책』, 장편소설『숨김없이 남김없이』『벌거숭이들』이 있다. 현재 서울예술대학교 문예창작전공 교수로 있다.

최제훈

2007년『문학과사회』신인문학상을 받으며 등단했다. 소설집『퀴르발 남작의 성』, 장편소설『일곱 개의 고양이 눈』『나비잠』『천사의 사슬』이 있다. 한국일보문학상을 수상했다.

박솔뫼

2009년『자음과모음』신인문학상을 받으며 등단했다. 소설집『그럼 무얼 부르지』『겨울의 눈빛』『사랑하는 개』, 장편소설『백 행을 쓰고 싶다』『도시의 시간』『머리부터 천천히』등이 있다.

임현

2014년 『현대문학』 신인 추천 단편소설 「그 개와 같은 말」로 등단했다.

소설집 『그 개와 같은 말』이 있다.